Uwe Goeritz

Das Schwert des Gladiators

Bibliografische Information der Deutschen Nationalbibliothek:

Die Deutsche Nationalbibliothek verzeichnet diese Publikation in der Deutschen Nationalbibliografie; detaillierte bibliografische Daten sind im Internet über http://dnb.dnb.de abrufbar.

© 2016 Uwe Goeritz

Coverbild: Uwe Goeritz

Herstellung und Verlag: BoD – Books on Demand, Norderstedt

ISBN: 978-3-7412-9042-8

Inhaltsverzeichnis

Das Schwert des Gladiators 7
   Im Dunkel des Waldes 8
   Die helle Stadt 13
   Römische Wege.. 17
   Im Rausch der Farben 21
   Ein gewolltes Kind? 25
   Die Säule des Kaisers... 29
   Noch ein langer Weg.. 33
   Die neue Freundin.. 37
   Kämpfe und hinterhältige Ränke... 41
   Julicas Rat 45
   Eine neue Ausbildung 49
   Ein neuer Gott 53
   Freunde?!.. 57
   Siegreiche Kämpfe 61
   Ein tödlicher Hieb 65
   Im Fieberwahn... 69
   Verrat.. 73
   In den Katakomben der Stadt 77
   Doppelte Rache 81
   Rehabilitation 85
   Die Entscheidung 89
   Auf dem Heimweg 93
   Zurück im Wald 97

Gemeinsames Glück 101
Zeitliche Einordnung der Handlung: 104

Das Schwert des Gladiators

Diese Geschichte spielt im Grenzgebiet zwischen römischen Reich und Germanien, sowie auch in Rom, in der Mitte des ersten Jahrhunderts unserer Zeitrechnung. Viele germanische Männer waren in dieser Zeit willkommene Verbündete und Kämpfer in den römischen Legionen.

Oft schon als Kinder von ihren Vätern zur Ausbildung nach Rom geschickt oder von den Römern als Geiseln genommen, lernten sie das Leben in der Zivilisation kennen und schätzen. Auch als Gladiatoren waren sie berühmt, wegen ihres Körperbaues und ihrer Kraft.

Trotz der Annehmlichkeiten des Lebens in Rom entschlossen sich viele, wieder in die Heimat zurück zu kehren. Denn auf der einen Seite hatten sie das freie Land der Stämme, in dem ein jeder gleich war, und auf der anderen Seite das römische Reich, das seine Stärke auch auf den Schultern von unfreien Sklaven aufbaute.

Die handelnden Figuren sind zu großen Teilen frei erfunden, aber die historischen Bezüge sind durch archäologische Ausgrabungen, Dokumente, Sagen und Überlieferungen belegt.

1. Kapitel

Im Dunkel des Waldes

Ein Knacken im Unterholz ließ die beiden Jungen erstarren. Sie schauten nach vorn und trauten sich kaum zu atmen. Aufmerksam und auch ein bisschen furchtsam standen sie dort. Was war da vor ihnen im Wald? Siegfried, einer der beiden, zog die Augen zu Schlitzen zusammen, um besser sehen zu können. In dem halbdunkel des Waldes konnte man aber kaum etwas sehen, man musste es ahnen und fühlen.

Plötzlich sprang ein Eichhörnchen an ihnen vorbei und die Anspannung der beiden Kinder löste sich in einem Lachen. Sie waren beide zehn Sommer alt und so jung wie sie waren, kannten sie sich dennoch gut in ihrem Wald aus, aber so weit wie heute waren sie noch nie auf dieser Seite des Dorfes im Wald gewesen.

„Kann ein Eichhörnchen solch einen Lärm machen?" fragte sein Freund Armin und ging lachend weiter. Siegfried blieb wie angewurzelt stehen. „Nein." sagte er mit einem Zittern in der Stimme und zeigte nach vorn. „Lauf!" rief er und rannte so schnell das Unterholz es zuließ zurück durch den Wald in Richtung Dorf. Jetzt hatte auch Armin den Frischling gesehen. Und wo einer war, da waren auch andere und die Bache sicher ebenfalls.

Beide Jungen rannten durch den Wald und stolperten über das Unterholz. Immer wieder fielen sie hin und rafften sich auf. Mal war Siegfried vorn und mal Armin. Bei dem vielen Lärm, den sie machten, konnten sie nicht hören, ob sie vom Wildschwein verfolgt wurden oder nicht. Erst als Siegfried stürzte und liegen blieb, konnte er hören, dass hinter ihnen Ruhe war.

„Stopp." rief er Armin zu, der sich danach auch auf die Knie fallen ließ. Die Beiden kamen nur langsam wieder zu Atem. Nach einer ganzen Weile stand Siegfried auf und betrachtete erst jetzt seine durch die Dornen des Unterholzes zerschrammten Knie und Unterarme. Dann ging er zu seinem Freund und zog ihn auf die Füße. „Sollen wir darüber im Dorf erzählen?" fragte er Armin. Der schaute sich noch einmal um und sagte dann „Ja, aber lass uns eine ganze Rotte Schweine daraus machen."

Langsam gingen sie zurück zum Dorf, dessen Rauch sie nun schon riechen konnten. Sie näherten sich dem Weg und sahen eine Gruppe von römischen Kriegern, die sich ebenfalls dem Dorf näherten. Es waren etwa zwei Dutzend Männer und einer davon ritt auf einem Pferd vornweg. Aus dem Dickicht des Waldes heraus beobachteten die beiden Jungen die Kämpfer. Sie hatten lange Speere und große Schilder. Die Sonne spiegelte sich in den Schildern und auf den Helmen der Römer.

Ganz leise schlichen die beiden Kinder den Kämpfern hinterher. Offensichtlich waren sie nicht auf einer feindlichen Mission, die Römer machten viel zu viel Lärm und waren viel zu wenige. Vorn waren nun schon die ersten Hütten zu sehen und ein paar der Kämpfer des Dorfes standen am Eingang der Hecke, die das Dorf fast vollständig umschloss. Auch bei diesen Kämpfern war keine Feindseligkeit zu sehen. Fast freundschaftlich gingen die Männer aufeinander zu.

Der Reiter stieg von seinem Pferd und gab seinen Helm an einen der Römer hinter sich ab. Siegfrieds Vater, der Führer des kleinen Stammes, übergab seinen Speer an Armins Vater. Der Römer und Siegfrieds Vater standen einen Moment schweigend voreinander, bis beide Männer begannen zu lachen und sich umarmten. „Lange ist es her." rief der Römer. „Ja, viel zu lang." fiel Siegfrieds Vater ihm in das Wort.

Die beiden Jungen verließen ihr Versteck, aus dem heraus sie alles beobachtet hatten, und stellten sich zu ihren Vätern. Die Männer gaben nun den Römern den Weg in das Dorf frei und schlossen sich dann hinter den fremden Kriegern an. Siegfried ging ganz nahe an das Pferd heran. Er hatte seinen Vater schon von Pferden erzählen hören, aber dieses hier war das Erste, das er selbst sah. Siegfried legte seine Hand auf die Nase des Tieres und das Pferd schnaubte. Erschrocken zog der Junge die Hand zurück und musste doch darüber lachen.

Der Vater hatte sofort eines der Schweine geschlachtet. Danach hatte er das ganze Dorf und auch die römischen Gäste zum Abend zu einem Festessen eingeladen. Schon mittags brannte das Feuer in der Mitte des Dorfes und der Braten des Abends drehte sich am Spieß. Verführerischer Duft zog durch die Hütten und ließ die Arbeit viel schneller als sonst von der Hand gehen. Nach und nach versammelten sich alle Bewohner auf dem Platz zwischen den Hütten.

Die Besucher hatten Waffen und Rüstungen abgelegt und standen zwischen den Bewohnern. Nur die Farbe ihrer Umhänge unterschied sie nun. Während die Bewohner des Dorfes Kleidung in Erdtönen trugen waren die Besucher in Dunkelrot gehüllt. Siegfried schlich am Rand des Platzes zu der dort abgelegten Ausrüstung der Fremden und probierte einen der Helme an, der ihm natürlich viel zu groß war, so dass er ihm über die Ohren rutschte. Vorsichtig legte er ihn zurück und versuchte eines der Schilde anzuheben, was ihm auch unter Mühen gelang.

Beim zurück stellen fiel ihm der Schild um und schlug mit einem scheppernden Geräusch gegen ein paar der anderen. Einige Männer drehten sich um und lachten, als sie sahen wie Siegfried sich bemühte den Schild wieder aufzustellen. Einer der Römer kam zu ihm und hob das schwere Stück Eisen mühelos an. Dann stellte er wieder alles an seinen Fleck, strich dem Jungen über das Haar und ging wieder zu seinen Freunden zurück.

Die Becher und Krüge wurden gefüllt, die Männer stießen an und tranken ihre Trinkgefäße aus. Es wurde nachgeschenkt und Siegfrieds Vater begann das Schwein anzuschneiden. Jeder bekam ein großes Stück Fleisch und suchte sich danach einen Sitzplatz am Feuer. Auch Siegfried hatte ein großes, saftiges Stück erbeutet. Er setzte sich so, dass er beim Essen den Vater im Blick haben konnte.

Es wurde ein sehr langer Abend, bevor alle satt und viele betrunken in ihre Betten kamen. Entsprechend später begann am nächsten Tag die dörfliche Arbeit. Siegfrieds Vater holte seinen Sohn zu sich und gemeinsam gingen sie in dem Raum in der Hütte, in dem die Eltern wohnten, an die hintere Wand. Der Vater öffnete eine Kiste, die bisher immer verschlossen gewesen war. Er räumte ein paar Sachen zur Seite und zog ein längliches Stoffbündel heraus. Der Mann wickelte es aus und ein prachtvolles, römisches Schwert, mit silbernen Beschlägen, kam zum Vorschein.

Der Vater begann „Dieses Schwert hat mir immer gute Dienste geleistet. Einst war ich nicht viel älter als du, als ich in die römische Armee eintrat. Mein Vater schickte mich, so wie ich dich heute schicke. Halte dieses Schwert in Ehren." damit drückte er das Schwert dem verwunderten Jungen in die Hand. Beide verließen die Hütte und draußen machten sich die fremden Krieger marschfertig. Jetzt sollten sie aufbrechen und Siegfried würde sie begleiten.

Der Junge beeilte sich, um sich von allen zu verabschieden. Armin drückte ihm einen Beutel in die Hand und sagte „Das ist Erde von hier, da hast du die Heimat immer bei dir." Siegfried bedankte sich bei dem Freund und schon ging es los. Der Kommandant der römischen Kämpfer hob den Jungen auf sein Pferd und führte das Tier am Zügel aus dem Dorf. Noch einmal drehte sich der Junge um. Er schaute auf das Dorf der Kindheit, auf Freunde und Familie zurück, dann schaute er nach vorn, auf den langen Weg, der ihn in seine Zukunft bringen würde.

2. Kapitel
Die helle Stadt

Nach ein paar Tagen im Wald waren sie an einen breiten Fluss gekommen. Die Soldaten hatten den Jungen den ganzen Weg in ihre Mitte genommen, aber alles war ruhig geblieben. Auf Schneisen waren sie gegangen und oft hatte Siegfried das Gefühl gehabt, aus den dunklen Tiefen des Waldes aufmerksam beobachtet zu sein. Mensch oder Tier konnte er dabei nicht unterscheiden und es war auch nie jemand zu sehen.

Einen Tag lang gingen sie Flussabwärts, bis sie an eine steinerne Mauer gelangten. Die Mauer war sicher fünfmal so hoch wie der Junge und oben drauf standen römische Soldaten, die nach unten schauten und dann ein großes hölzernes Tor öffneten. Gajus, der Anführer der kleinen Gruppe stieg vom Pferd und führte das Tier durch das Tor hindurch. Dahinter blieb er stehen, begrüßte ein paar der dort Dienst tuenden Soldaten und wendete sich dann Siegfried zu.

„Komm mit mir mit" sagte er und übergab sein Pferd an einen der Legionäre. Zusammen mit dem Jungen ging er einen Weg entlang, der zu beiden Seiten von kleinen Häusern gesäumt war, so wie ihr bisheriger Weg von Bäumen gesäumt gewesen war. Am Ende des Weges sah der Junge ein hohes Haus aus weißen Steinen. Es glänzte in der untergehenden Sonne. Vor dem Haus war ein großer Platz, an dem sich die Wege aus allen Richtungen trafen.

Gajus öffnete das Tor des Hauses und sie betraten eine große Halle. Siegfried sah kein Feuer und doch war es sehr warm in diesem Haus. Für einen kühlen Frühlingsabend viel zu warm. Siegfried schaute sich überall um, aber kein Rauch war zu riechen, keine

Flamme war zu sehen. Wo kam die Wärme her? Auch an den Füßen spürte er die Hitze, und als er sich bückte wurde es heißer. Er legte seine Hand auf den Fußboden und zog sie erschrocken zurück. Der Fußboden war heiß. Gajus lachte und ging an dem Jungen vorbei.

Am anderen Ende des Raumes saß ein Mann in einem weißen Umhang gehüllt. Hinter ihm stand ein langer Stab mit einem Adler aus Bronze oben drauf. Der Mann stand auf und kam Gajus entgegen. Während Siegfried noch die Halle und einige darin aufgestellte Figuren betrachtete, begrüßten sich die beiden Männer.

„Mein Dienst in Germanien ist vorbei. Ich gehe zurück nach Rom zu meiner Frau und nehme den Sohn meines Freundes mit." sagte Gajus und zeigte dabei auf Siegfried. Der andere Mann antwortete „Ich muss noch ein Jahr hier bleiben. Du hast es gut." Siegfried hörte die beiden Männer reden, aber er verstand sie nicht. Diese fremde Sprache kannte er noch nicht. Er ging zu ihnen hin und schaute zu den Männern auf.

„Morgen kommt ein Schiff, das euch beide nach Rom bringen kann." sagte der fremde Mann und Gajus übersetzte es für den Jungen in dessen Sprache. Siegfried nickte, obwohl er noch nie ein Schiff gesehen hatte. Er wollte aber nicht fragen, was denn ein Schiff war. Er würde es am nächsten Tag schon sehen. Gajus verabschiedete sich von dem anderen Mann und verließ mit Siegfried das Haus.

Für die Nacht blieben sie in Gajus Unterkunft. Endlich hatte der Junge wieder ein Bett, und sogar eins nur für sich allein. Er schlief schnell ein und erwachte erst, als ihn Gajus an der Schulter berührte. Der Mann war schon fertig angezogen und nun beeilte sich auch Siegfried. Wenig später verließen sie das kleine Haus.

Zusammen gingen sie den Weg entlang zum Fluss hinunter. Auf einem Steg stehend, inmitten des Schilfes, warteten sie. „Was ist eigentlich ein Schiff?" fragte der Junge nun doch und Gajus zeigte ohne ein Wort den Fluss entlang. Aus dem Nebel schob sich ein hölzerner Rumpf, der von vielen Rudern angetrieben wurde. Die Soldaten ruderten an den Steg heran und die Beiden stiegen ein. Schnell legte das Schiff wieder ab und danach glitt es den Fluss entlang.

Nach einer Weile zogen die Soldaten ein großes Tuch an einem hölzernen Mast auf. Der Wind blähte das Stoffstück auf und das Schiff wurde noch schneller. Wie ein Vogel rauschte es dahin und die Bäume zu beiden Seiten des Flusses blieben zurück. Am Tag fuhren sie und nachts rasteten sie am Ufer. Ein paar Mal mussten sie das Schiff auch über Land tragen, bis sie an einer Mündung zur großen See anlangten.

Von dort aus brachte sie ein größeres Schiff über die See. Nun war ringsum nur das Wasser zu sehen. Kurz darauf fuhren sie am Land entlang, so dass sie immer die Küste im Blick haben konnten. Als sie endlich wieder an Land waren gingen sie das letzte Stück zu Fuß. Die weißen Häuser der Stadt kamen immer näher. So viele hohe Steinhäuser hatte Siegfried noch nie gesehen. An einem gelb gestrichenen Haus blieben sie stehen und Gajus öffnete die Tür.

Eine Frau in einem weißen langen Gewand stand an einem Tisch und drehte sich zur Tür um, als diese sich öffnete. Sie kam auf Gajus zugelaufen und umarmte ihn. Gajus drehte sich zu Siegfried und sagte „Das ist meine Frau Luzia." die Frau gab Siegfried die Hand und Gajus sagte „Das ist Siegfried, der Sohn meines Freundes. Er wird jetzt bei uns leben." Luzia nickte und ließ einen Sklaven ein Gästezimmer vorbereiten.

Der Junge wartete in dem Vorraum. Von dort konnte er in einen Innenhof schauen, in dem sich ein kleiner Garten mit einem Springbrunnen befand. An den Wänden des Vorraumes waren bunte Bilder. Der Junge ging an eines der Bilder heran. Aus vielen kleinen, bunten Steinen war das Bild eines Vogels zusammengesetzt, den Siegfried nicht kannte. Solche Tiere gab es bei ihnen im Wald nicht. Auf der anderen Seite sah er das Bild eines Adlers, der seinen Flügel weit ausbreitete, so als ob er sofort losfliegen wollte.

Durch den Garten jagten sich zwei Kinder. Ein Junge und ein Mädchen, die beide jünger waren als er. Siegfried ging zu einem der Durchgänge zum Innenhof und blieb dort stehen. Das Mädchen hatte ihn bemerkt und kam auf ihn zu. Beide blieben voreinander stehen, da aber keiner der beiden die Sprache des anderen verstand unterhielten sie sich mehr mit Händen und Füßen. Auch der andere Junge trat nun zu den Beiden.

Aus einem der Räume kam Gajus zurück. Er hatte seine Rüstung abgelegt und trug nun einen weißen Umhang. Die beiden Kinder stürzten sich auf ihn und umarmten ihn. Gajus ging mit ihnen zu Siegfried und sagte „Siegfried, das sind meine Kinder Justizian und Sofara." dann ´sagte er in der anderen Sprache etwas zu den beiden anderen und der Junge verstand nur seinen Namen. Wenig später tobten sie zu dritt durch den kleinen Garten des Hauses. Gajus und Luzia schauten aus dem Vorraum den Kindern zu.

3. Kapitel

Römische Wege

Fünf Jahre waren ins Land gegangen. Fünf Jahre, in denen der Junge schreiben und lesen gelernt hatte. Zusammen mit den beiden anderen Kindern hatte er in der Villa von Gajus alles gelernt, was man so in der großen Stadt Wissen musste. Da die Villa am Rande der Stadt lag, waren sie oft in den Feldern der Umgebung unterwegs gewesen. Immer am Nachmittag hatten sie sich auf den Weg gemacht und waren zu einem kleinen Hügel gelaufen, auf dem sie sich auch mit Kindern aus anderen Häusern, aber auch mit den Kindern von Sklaven trafen.

Für sie selbst machte es noch keinen Unterschied, woher jemand kam, die Erwachsenen waren da viel konsequenter. Die Kinder der Sklaven würden vermutlich ihr ganzes Leben lang Sklaven bleiben. Keiner von ihnen würde jemals so viele Münzen haben, um sich aus der Sklaverei heraus zu kaufen. Seite an Seite saßen sie und schauten der untergehenden Sonne zu, bevor ein jeder wieder in sein Zuhause musste. Die einen in ihre Hütten am Rande des Feldes und die anderen in die Villen am Rande der Stadt.

Mit zunehmenden Alter machte sich Siegfried darüber Gedanken, was das Leben hier so von dem Unterschied, dass er im Wald gelebt hatte. Noch waren sie Kinder, aber schon bald würden sie die Wege der Erwachsenen gehen müssen. Was wäre dann sein Weg? Sollte er den Weg der Philosophen einschlagen, so wie es Justizian wohl tun würde, und wie es Luzia gern sehen würde? Oder sollte er den Weg des Kriegers wählen? So wie es Gajus möchte und so wie es auch sein Vater einst gemacht hatte? Konnte er denn später mit Philosophie in seiner Heimat etwas bewirken? Wollte er wieder zurück in die dunklen Wälder des Nordens?

So manchen Abend saß er gedankenverloren auf dem Hügel an eine der Pinien gelehnt und grübelte. Die Sonne auf seiner linken Seite schaute er nach Norden, wo er das Land seiner Väter wusste. Was würden ihm seine Ahnen raten? Schon seit Urzeiten kannten sie nur den Kampf, aber konnte nicht auch das Geschick der Sprache helfen? Sein Lehrer hatte ihm gesagt „Die Feder ist mächtiger als das Schwert." Aber konnte das wirklich stimmen?

Hier in der flachen Ebene, wo kaum mal ein Baum stand vielleicht. Aber im Wald seiner Heimat? Wenn ihn da jemand angriff, konnte er nicht damit anfangen, die alten Philosophen zu zitieren. Er lief nach Hause und zog das Schwert, das ihm sein Vater gegeben hatte, unter seinem Bett hervor. Schon oft hatte er damit im Garten geübt und so manche Blume hatte dies, sehr zum Leidwesen Luzias, mit ihrem Leben bezahlen müssen. Was machte er sich überhaupt Gedanken? Jetzt, so mit dem Schwert in der Hand, war es ihm wieder klar, welchen Weg er einschlagen wollte. Hatte ihn der Vater nicht auch mit diesem Auftrag hierher geschickt?

Er verstaute das Schwert wieder unter dem Bett und ging zu Gajus hinüber in den Wohnbereich. Einige Gäste waren heute Abend bei ihm und er winkte den Jungen zu sich in das Zimmer. Männer und Frauen lagen auf den Liegen rund um einen kleinen Tisch und ließen sich von Sklaven bewirten, während sie sich angeregt unterhielten. Siegfried suchte sich einen freien Platz in der Nähe von Gajus und hörte den Gesprächen der Männer zu. Sie redeten vom Kampf und vom Feldzug auf einer Insel, der schon viele Jahre her war.

Gajus Sohn schaute durch die Tür, zog sich aber sofort wieder zurück, als er die Gäste bemerkte. Er war zwei Jahre jünger als Siegfried und durfte sich daher noch nicht bei den Gästen aufhalten. Nur kurz hatte Siegfried zu ihm geschaut, die Unterhaltung der Männer war viel spannender. War jetzt die Gelegenheit, um zu fragen, ob er in die Legion durfte? Das Alter dazu hatte er schon und Gajus wäre bestimmt erfreut, wenn Siegfried ihn im Beisein der Gäste fragen würde. Also fragte er und schon drehte sich das Gespräch nur noch um ihn. Zumindest das Gespräch der Männer.

Mit glühenden Augen erzählten die Männer begeistert von ihrem ersten Tag in der Legion. Die dunklen Tage, die es sicher auch gegeben hatte, waren wie weggewischt. Nur die positiven Dinge wurden hervor gestellt. Mut, Tapferkeit, Kameradschaft. Es wurde ein langer Abend. Am nächsten Morgen verließ er schon sehr früh mit Gajus das Haus. Noch bevor er andere Sachen erhalten hatte, musste er sein Können beim Speerwerfen unter Beweis stellen. Mit fünf Wurfspeeren in der einen Hand trat er auf einen freien Platz. Auf eine Entfernung von dreißig Schritten musste er ein aufgestelltes hölzernes Schild treffen.

Die Speere waren unhandlich und er hatte noch nie mit ihnen geworfen. Zuerst wog er sie in der Hand aus. Er nahm einen der Speere in seine rechte Hand, zielte und warf ihn in die Richtung des Zieles. Am Rande des Platzes standen ein paar Legionäre, die dem Jungen zusahen und dies spornte ihn noch viel mehr an, nicht zu versagen. Surrend flogen die Speere durch die Luft. Einer nach dem anderen.

Drei der Speere trafen und zwei verfehlten das Ziel nur knapp. Gajus schlug ihm anerkennend auf die Schulter und schon gehörte er zu den Hilfstruppen der Prätorianer. Noch bevor der Tag zu Ende war hatte er seine Ausrüstung erhalten und die Anderen kennen gelernt, mit denen er ab jetzt eine Einheit bilden würde. Von da an übten sie jeden Tag und schon bald war er so gut, dass ihn Gajus von den Hilfstruppen zu den Legionären versetzte. Das geschmückte, kostbare Schwert war das Auffälligste an seiner Ausrüstung.

Auf der einen Seite das Schwert, auf der anderen den Dolch, mit Rüstung, Helm und Schild übte er jeden Tag so eifrig, dass er dadurch natürlich auch Neider anzog. Aber er wollte alles lernen, was es in der Armee zu lernen gab.

Bereits mit siebzehn Jahren wurde er zum Offizier befördert und erhielt eine Einheit, die er unter dem Kommando seines Ziehvaters Gajus in der Legion führen konnte. Dieser rasche Aufstieg machte ihn aber noch mehr Feinde, nun in den Reihen der Offiziere, für die er immer noch ein Barbar aus dem dunklen Wald war. Seine Untergebenen jedoch verehrten ihn, da er für sie einen Weg des Aufstieges aufzeigte.

4. Kapitel

Im Rausch der Farben

Als sich die Frau nach unten beugte traf sie unvermittelt der Gestank in die Nase. Sie verzog kurz den Mund und griff in die undurchschaubare Brühe hinein. Zusammen mit zwei Sklaven stand sie bis zu den Knien in der Flüssigkeit, von der sie zwar wusste, was darin war, was sie aber im Moment lieber verdrängte. Sie zogen ein großes Stück Stoff heraus und hängten es auf eine Leine neben dem großen Bottich. Noch war das Stoffstück grau, aber am Rand begann es langsam eine dunkelblaue Farbe anzunehmen.

Nachdem das Blau die Mitte erreicht hatte tauchten sie den Stoff in klares Wasser und verdrehten danach den Stoff so, dass das Wasser zusammen mit dem Rest der Brühe herausgedrückt wurde. Die Tür des Raumes wurde ausgestoßen und eine Frau im weißen Gewand schaute in den Raum „Laetitia, was machst du hier?" rief sie und die junge Frau fuhr herum. Schnell wischte sie sich die Hände an ihrem, nicht mehr so sauberen Umhang ab. Die Frau war siebzehn Jahre alt und ihre Herrin, die hochschwanger in der Tür stand, etwa zehn Jahre älter.

Laetitia löste ihr Haar, das sie sich zur Arbeit hochgesteckt hatte, damit es nicht in die Brühe hing. Erst jetzt konnte sie antworten „Ich helfe den Sklaven. Schaut doch, was das für ein schönes Blau geworden ist." die Herrin hielt sich die Nase zu und trat nur zwei Schritte in den Raum, dann verließ sie den Raum sofort wieder. Von draußen rief sie „Komm mir dann helfen und nähen." Die junge Frau schüttelte ihr schwarzes, langes Haar, um die Strähnen vollkommen zu lösen, dann zog sie es mit einer Spange hinten zusammen.

Die beiden Sklaven trugen den Stoff nach draußen und legten ihn auf die Wiese hinter dem Haus. Laetitia folgte den Beiden und sah nun die anderen Stoffe, die sie vorher gemacht hatten, im Lichte der Sonne. Gelbe, blaue, grüne und rote Stoffbahnen lagen dort zum Trocknen aus. Erst jetzt traute sie sich wieder richtig durchzuatmen. Während die Sklaven wieder zurück in den Raum eilten, raffte sie den Umhang hoch und wusch sich in dem steinernen Trog, in der Ecke des Hofes, die stinkende Brühe von Armen und Beinen.

Caecilia, die Herrin, rief aus einem der Fenster nach ihr und die junge Frau eilte zum Seiteneingang des Hauses. Schnell ging sie an ihren Platz hinter dem Tisch. Eines der schönen grünen Stoffstücke lag auf dem Tisch und eine dickliche Frau wartete darauf, dass ihre Maße für eine neue Stola abgenommen würden. Mit einem Band nahm Laetitia die Werte auf und übertrug sie auf den Stoff. Die Schere glitt durch das Grün und während Caecilia mit der anderen Frau in einen angrenzenden Raum ging, begann Laetitia die Stoffstücke zu säumen und zu vernähen. Danach würde sie noch schöne Ornamente in die Stola sticken. Blumen, Vögel und Hasen waren gerade sehr beliebt.

Noch lange saß die junge Frau im Scheine eines Öllichtes über den Stoff gebeugt. Sie hatte nun Zeit über ihr Schicksal nachzudenken. Sie war die älteste von vier Töchtern. Ihr Vater lebte nicht mehr und die Mutter hatte sie nicht mehr versorgen können. So hatte sie vor fünf Jahren das elterliche Haus weit im Süden verlassen und war in diese Stadt im Norden gezogen. An manchen Abenden fehlte ihr die Mutter, die sie nun schon so lange nicht mehr gesehen hatte. Die Arbeit hier machte ihr Freude, vor allem das Färben der Stoffe, auch wenn das eigentlich die Arbeit der Sklaven war.

Sie war so in die Gedanken vertieft, dass sie sich in den Finger stach. Schnell nahm sie den Finger in den Mund, bis die Blutung gestillt war. Nicht auszudenken, was passiert wäre, wenn ihr Blut das kostbare Tuch der Frau ruiniert hätte. Schließlich zog sie die letzte Naht am Saum fest und legte das Kleidungsstück auf den Tisch sorgfältig zusammen. Sie stand vom Tisch auf und drückte ihren Rücken durch, der durch die gebückte Arbeit schmerzte. Es war schon lange ruhig im Haus, als sie endlich auf ihr Zimmer gehen konnte. Müde und abgespannt fiel sie in ihr Bett und schlief sofort ein. Die brennende Lampe hatte sie neben das Bett gestellt und diese brannte in der Nacht langsam aus.

Das Licht des neuen Tages weckte sie wieder, nach einer kurzen Nacht, aber das war sie schon lange gewöhnt. Seit fast vier Jahren war sie schon hier in der Färberei. Die oft schwere Arbeit hatte ihre Muskeln deutlich an den Armen hervortreten lassen. Laetitia wusch sich in einem Holzzuber, bevor sie zur Küche hinüber ging. Ein paar Sklavinnen waren schon dabei das Essen vorzubereiten. Gutes Essen für die Herrschaft und Bohnen mit Brot für die Sklaven. Für diese würde es die einzige Mahlzeit des Tages bleiben.

Laetitia griff sich eine der Schüsseln und begann schnell die Bohnen herunter zu schlingen. Nach dem Essen ging sie mit den Sklaven in den Hof. An diesem Tag wurde eine besonders kostbare Farbe angerührt und das wollte sie sich nicht entgehen lassen. Ein alter Sklave mit schon grauem Haar mischte mehrere Flüssigkeiten, Kräuter und Farbpulver zusammen. Er tat dies mit Augenmaß und mit der Erfahrung des Alters. Mit ruhigem Blick schaute er auf die stinkende Brühe herunter, bevor er den jungen Männern zunickte.

Zusammen mit Laetitia tauchten sie das weiße Stoffstück unter und warteten. Wieder nickte der alte Mann und der Stoff verließ den

Bottich schnell. Schon beim Ausbreiten fingen die Ränder an sich zu verfärben. Kurze Zeit später tauchten sie, nun zu viert, den Stoff in einen anderen Bottich, um ihn danach wieder auf die Leine zu hängen und ein paar Augenblicke später, nachdem der Stoff nun vollständig bräunlich war, in klarem Wasser auszuwaschen.

Gemeinsam zogen sie den Stoff in den Hof und breiteten ihn aus. Noch war er eher unansehnlich, aber der alte Mann nickte zufrieden und setzte sich daneben. Laetitia schaute zweifelnd auf das Tuch, doch der Mann sagte „Du brauchst Geduld und Zeit." dabei strich er sich über den kurzen, grauen Bart. Wenig später zeigte er auf eine Ecke und sagte „Schau!" Die Frau sah, wie sich die Ecke langsam verfärbte. Mit offenem Mund stand sie da und sah, wie wenig später das Tuch wie ein Regenbogen in allen Farben schillerte.

Es war fast wie ein Wunder. Der alte Sklave nickte zufrieden und ging in die Hütte hinein, während Laetitia mit der Hand über den, nun kostbaren, Stoff strich.

5. Kapitel

Ein gewolltes Kind?

Publius, der Herr des Hauses, schob seinen Bauch durch die Tür. Er war klein und mehr als dreißig Jahre älter als seine Frau. Nicht nur Laetitia dachte oft, wie er wohl zu dieser Frau gekommen war. Die Schönheit der Herrin war in der ganzen Straße bekannt und sie hätte es sicher besser treffen können, als bei diesem, oft jähzornigen, alten Mann. Er war zwar reich, doch war das alles?

Der Mann fuhr eine der Sklavinnen an und scheuchte sie aus dem Raum. Er ließ sich auf eine der Liegen fallen und wischte sich den Schweiß mit einem Tuch ab. Schnell brachte eine der Sklavinnen ihm einen Becher Wein und verschwand dann sofort wieder. Trotz seiner Leibesfülle bedrängte er oft die Sklavinnen und diese konnten sich dagegen nur dadurch wehren, dass sie außerhalb seiner Reichweite blieben.

Becher um Becher leerte er und seine Bewegungen wurden langsam unsicher. Schließlich schlief er ein und der Becher fiel polternd aus seiner Hand auf den kostbaren Mosaikboden des Raumes. Zwei Steine schlug er aus dem Bild eines exotischen Vogels. Tarea, die Sklavin, die gerade neben ihm stand, schlug vor Schreck die Hände vor ihr Gesicht. Sie rannte aus dem Raum, um einen der Sklaven zu holen, der das Mosaik schnell wieder reparierte.

Noch bevor der Herr erwachte waren die beiden Steinchen wieder fest im Bild verankert. Publius erwachender Blick fiel auf Tarea, die gerade die letzten Spuren des verschütteten Weines aufwischte. Als er die Frau vor sich knien sah versuchte er sie zu fangen, aber Tarea war schneller und entwischte ihm unter Zurücklassung ihrer Tunika. Nackt lief sie in ihr Zimmer und zog sich ein neues Kleid an.

In der Küche traf sie auf Laetitia, die vor den Nachstellungen des Herren fast sicher war, erstens war sie etwas fülliger als Tarea und zweitens war sie keine der Sklavinnen, sondern eine freie Bürgerin. Die Sklavin war schon eher nach seinem Geschmack, aber durch die vielen Becher Wein war er nicht mehr in der Lage, ihr an diesem Abend nachzustellen.

Als der Hausherr aus seinem Raum wieder nach Wein rief, begannen die Wehen bei der Herrin. Schnell eilten die beiden Frauen zu ihr. Publius ließ sich davon nicht stören. Die Frauen würden das schon machen und sollten ihn damit nicht behelligen. Eine andere Sklavin musste ihn nun bedienen, was er mit einem ärgerlichen Grunzen quittierte. Lieber hätte er Tarea bei sich gehabt und nicht nur das Kleid der Sklavin, das neben ihm lag.

Am anderen Ende des Hauses wand sich Caecilia in ihren Wehen. Da es ihr erstes Kind war, dauerte es viele Stunden, bis sie es geschafft hatte. Tarea machte sich auf den Weg zum Hausherren. Sie hatte ein gemischtes Gefühl dem Lüstling wieder gegenüber zu treten. Der Mann lag auf der Liege, immer noch so, wie sie ihn am Vorabend gesehen hatte. Auch ihr Kleid sah die Frau. „Herr, euer Kind ist da." sagte sie, an der Tür stehend.

Publius versuchte aufzustehen, rutschte aber auf die Liege zurück. „Soll ich helfen?" fragte sich Tarea in Gedanken, trat aber schon die paar Schritte auf ihn zu und fasste ihm dann doch unter die Arme, um ihn zu stützen. So, in seiner Nähe stehend, lieferte sie sich natürlich seinen Händen aus, die wie von selbst sofort an ihre Brüste griffen.

Nun, da er im Raum stand, lies Tarea ihn los, machte einen Schritt zurück und trat in die Tür, damit er ihr folgte.

Sie eilte zurück zu den beiden anderen Frauen und der Mann ging schwankend hinter ihr her. Laetitia hatte das Kind inzwischen gesäubert und legte es auf einen Hocker, damit Publius es begutachten konnte. Genau in diesem Moment öffnete Tarea die Tür und ließ den Mann eintreten. Er warf einen Blick auf das nackte, schreiende Kind. „Ein Mädchen. Was soll ich denn damit? Schafft sie mir aus den Augen und aus meinem Haus." sagte er und verließ den Raum wieder.

Die drei Frauen schauten sich an und sahen dann auf das Kind. „Und nun?" fragte Caecilia mit zitternder Stimme. Sie nahm ihr Kind auf und drückte es an sich. „Ich könnte es zu meiner Freundin Julica bringen." sagte Laetitia. Die beiden anderen Frauen nickten. Sie wickelten das Kind in ein Tuch und die Mutter legte ihre Kette zu dem Kind. Während sie sich ausruhte, ging Tarea in die Küche zurück und Laetitia nahm das Kind in den Arm.

Schnell verließ sie das Haus und eilte durch die Straßen. Sie ging über den Markt, wo an diesem Morgen gerade die ersten Stände aufgebaut wurden. Wenig später betrat sie das Badehaus durch einen Seiteneingang. Julica war gerade erst aufgestanden und wusch sich gerade die langen, roten Haare. Sie stand nackt über einen Bottich gebeugt, der auf dem Tisch in der Mitte des spärlich eingerichteten Zimmers stand.

Ein Bett, ein Tisch und zwei Hocker, mehr gab es nicht. In diesem hinteren Bereich des Badehauses arbeiteten die Huren und Julica war eine von ihnen. Sie drehte sich um, als sie die Freundin erkannte und warf sich ihren Umhang über. Zusammen setzten sie sich an den

Tisch und während sie ihre Haare trocknete, erzählte die Freundin von den Geschehnissen der Nacht.

Gern wollte Julica der Freundin helfen und das Kind als ihr eigenes aufziehen. Jetzt am Morgen war hier bei ihr noch nicht viel los und so konnte sie sich einen Platz für das Kind suchen. In einer Ecke bereitete sie ein Bettchen vor, das eigentlich nur aus einer Kiste mit einem Tuch darin bestand. Wenn dann gegen Mittag die ersten Männer zu ihr kommen würden, so musste sie sehen, ob das Kind ruhig war und schlief, oder sie musste es schnell bei einer der anderen Frauen unterbringen, damit sie ihrer Arbeit nachgehen konnte. Schließlich wechselte das Baby in die Arme Julicas und die beiden Freundinnen verabschiedeten sich wieder.

„Eigentlich hat es das Kind gut getroffen." dachte Laetitia beim Verlassen des Badehauses. „Zwar wird sie sicher eine Hure werden, wie Julica, aber es hätte sie auch schlimmer treffen können. Viele ungewollte Kinder wurden einfach im Wald oder auf den Feldern zum Sterben abgelegt." sie blinzelte in den neuen Tag und sah die Sonne am Ende des Straße gerade über dem Tempel stehen. Schnell ging sie zu ihrer Arbeit in der Färberei zurück.

6. Kapitel

Die Säule des Kaisers

Siegfried schritt den Weg hinunter zum Ende des Aquädukts. Von dort aus folgte er dem Weg weiter zum Badehaus, das er schon vor sich am Ende der Straße sehen konnte. Er ging an dem Tempel vorbei, der irgendeinem ägyptischen Gott gewidmet war. Die Säule des Gottes, mit einem Vogelkopf, stand direkt an der Straße. Es gab hier viele Tempel in dieser Stadt. Ein jeder Gott hatte seinen eigenen Tempel hier. Seine eigenen Götter konnte Siegfried aber nicht verehren, es gab keine Eichenhaine, zu denen er gehen konnte. Er folgte weiter der Straße und betrat den Vorplatz. In der Mitte des Platzes stand das Abbild des Kaisers auf einer Säule und wie jeder in der Legion grüßte er die Statue ihres obersten Befehlshabers. Er hob die Hand und verbeugte sich davor.

Als er sich wieder aufrichtet, sah er wie eine junge Frau gerade neben ihm auf den Vorplatz trat. Sie kam aus einer anderen Richtung und stellte sich neben ihn an die Säule. Sie grüßte nur kurz und wollte sich gerade zum Badehaus wenden, als sie über die Kante der Säuleneinfassung stolperte und Siegfried sie auffing. Er hielt sie fest im Arm und ihre Blicke trafen sich.

Sie lächelte ihn von unten an und sagte „Danke." er nickte und half ihr wieder auf die Füße. „Gern geschehen. Mein Name ist Siegfried." sagte er und lächelte sie von oben an. Er war mehr als einen Kopf größer als die Frau, aber das war er gewohnt. Hier waren alle nur so klein. „Laetitia." hauchte sie von unten und er konnte sehen, wie sie errötete und die Augen niederschlug.

Sie sah die Uniform und dachte „Er ist kaum älter wie ich und doch schon Offizier." die Frau nickte ihm zu und sie spürte wie ihre Wangen glühten. Schnell wendete sich Laetitia ab und ging zu einem der Stände am Rande des Platzes. Eigentlich wollte sie hier nichts kaufen, sondern nur so tun, als ob er sie nicht interessiert. Aber aus dem Augenwinkel blickte sie weiter zu ihm.

Er ging zum Badehaus hinüber und schaute sich am Eingang noch einmal um. Die Frau stand immer noch an dem Stand und schaute sich Schmuck an. Der Mann betrat den Vorraum und legte seine Kleider ab. Ein Sklave brachte ihm ein weißes Tuch, das er sich um die Hüften schlang, nachdem er sich im Vorraum gesäubert hatte. Siegfried betrat den großen Raum und setzte sich so in das große Becken, dass er den Eingang im Blick hatte. Er wartete, vielleicht würde die Frau ja noch ins Bad kommen.

Er saß schon eine ganze Weile so da und hatte die Hoffnung schon fast aufgegeben, als er sah, dass sie aus dem hinteren Bereich nach vorn kam. Er rief „Laetitia" und sie schaute zu ihm. Siegfried hob die Hand und sie nickte ihm zu. Als sie gehen wollte winkte er sie zu sich und sie ging langsam zurück zu ihm. „Komm doch mit rein." sagte er, doch sie schüttelte den Kopf. Schon wieder wurde sie rot. Ihr Blick blieb an seinem nackten, muskulösen Oberkörper hängen. Auf dem es auch schon ein paar Narben gab.

„Bist du eine Sklavin?" fragte er und sie schüttelte den Kopf. „Komm schon. Das Wasser ist herrlich warm." sagte er fast bettelnd und schließlich nickte sie. Sie ging in den Vorraum und gab ihre Kleider ab. Wenig später saß sie neben Siegfried in dem großen Becken. Sie unterhielten sich über alles Mögliche und schon wenig später war ihnen beiden egal, das sie nackt nebeneinander im Wasser saßen.

Natürlich hatte er ihren rundlichen, aber wohl geformten, Körper gesehen, als sie in das Becken gestiegen war, doch im Moment genoss er die Unterhaltung mit ihr. „Was hast du denn da hinten gemacht?" fragte er und zeigte auf den Bereich der Huren. Laetitia wurde rot bis zu ihrem Dekolleté und erzählte dann von ihrer Freundin Julica und dem Baby, das sie oft besucht hatte in den letzten vier Wochen seit der Geburt.

Er nickte „Ja, davon habe ich auch schon gehört. In meinem Volke werden keine Kinder ausgesetzt." begann er und erzählte von seiner Heimat im Norden, die er nun auch schon mehr als neun Jahre nicht mehr gesehen hatte. Ein Sklave brachte einen Teller mit Trauben und Wein, den Siegfried zwischen sich und die Frau auf den Rand des Beckens stellte. Er gab ihr einen der Becher und sie tranken zusammen den süßen roten Wein, der ihre Zunge noch mehr lockerte.

An ihren Händen sah die Frau, dass sie sicher schon drei Stunden hier mit ihm im Wasser saß. Ihr fiel ein, dass sie ja noch nähen musste. Laetitia sprang auf und stieß dabei den Teller um. Die leeren Becher rollten davon. Siegfried schaute zu ihr auf und bewunderte ihre Schönheit. „Ich muss zu meiner Herrin." stieß sie aus und er nickte. Er stand auf und half ihr aus dem Becken. Zusammen gingen sie zum Eingang, wo sie sich von ihm abtrocknen ließ und sich dann wieder anzog.

Gemeinsam verließen sie das Badehaus. Siegfried zeigte auf den Stand, an dem sie nach dem Schmuck geschaut hatte und fragte „Hast du da was Schönes gekauft?" sie schüttelte betrübt den Kopf. „Das war mir alles zu teuer." sagte sie. Er ging mit ihr zu dem Stand hinüber und sah sich all die Schmuckstücke an. Ein silberner Kamm gefiel ihm besonders und als er ihn in die Hand nahm, sah er in ihren

Augen, dass dieser ihr auch gefiel. Schnell bezahlte er ihn und steckte ihn dann in Laetitias schwarzes Haar.

Sie nickte dankbar und sagte „Ich muss jetzt aber los." er nickte, aber sie konnte seine Hand nicht loslassen. Endlich riss sie sich los und eilte die Straße entlang, wobei sie sich oft zu ihm umdrehte. Er blieb an der Stelle stehen, bis er sie nicht mehr sehen konnte, dann ging er zu der Säule ihres ersten Treffens hinüber und bedankte sich für diesen schönen Tag und die Gunst der Stunde, die ihm die Frau Buchstäblich in die Arme geworfen hatte. Er legte eine Hand an die Säule und schaute noch einmal in die andere Straße. Sicher würde er sie wiedersehen. Dann verließ er den Platz.

7. Kapitel

Noch ein langer Weg

In den letzten drei Monaten hatten sie sich mehrmals in der Woche getroffen. Immer wenn es seine Zeit zugelassen hatte war Siegfried in dem Badehaus gewesen und Laetitia war dort fast ebenso oft, um ihre Freundin und das Baby zu besuchen. Dem Kind ging es gut in Julicas fürsorglichen Händen. Durch ihre Besuche hatte Laetitia immer eine Ausrede bei ihrer Herrin Caecilia, wenn es doch mal etwas später werden würde.

Caecilia ließ auch immer mal etwas Geld überbringen, damit es ihrer Tochter gut ging, doch selbst wollte sie nicht in diesen Bereich des Badehauses gehen. Sie hätte es zwar gekonnt, aber sie hielt dies, mit dem Blick auf ihre gesellschaftliche Stellung, für unmöglich. Laetitia schüttelte oft den Kopf darüber, aber sie konnte die Herrin, die jetzt mehr eine Art Freundin geworden war, nicht umstimmen. Zusammen mit Tarea saßen sie oft am Abend im Garten des Hauses und in diesen Augenblicken war es egal, dass Tarea eine Sklavin war.

Jeden Tag musste diese sich vor den Nachstellungen des Hausherren in Sicherheit bringen und so genoss sie um ein vielfaches mehr die ruhigen Stunden mit den beiden Frauen, weit weg von dem oft betrunkenen Lüstling, der ihr aller Schicksal in den Händen hatte. Egal was er machen würde, die Frauen und Sklaven waren sein Eigentum und hatten keine Rechte gegen ihn. Er konnte mit ihnen machen, was er wollte, mit allen außer Laetitia, sie war nur seine Angestellte und unterstand nur bei der Arbeit seiner Willkür, aber bei der Arbeit hatte sie ihn noch nie gesehen.

Nach dem Verlust des Kindes war die Herrin nun wieder Schwanger geworden und alle drei Frauen beteten zu Jupiter, dass es diesmal ein Junge werden würde. Sonst würde das Kind sicher dem ersten folgen und bei Julica landen.

Als eines Abends die Dunkelheit hereinbrach gingen die Frauen von der Terrasse zurück in das Haus. Als sie an den Räumen des Mannes vorbei gingen, riss dieser die Tür auf und zog die sich heftig wehrende Tarea am Arm in den Raum hinein.

Die beiden Frauen standen wie erstarrt im Flur und konnten nur die Schreie der Freundin aus dem verschlossenen Raum vernehmen. Nichts und niemand vermochte Tarea nun zu helfen. Wenig später verstummten die Schreie und ein zufrieden grunzender Mann verließ das Zimmer. Laetitia stürzte in den Raum hinein und fand die nackte, blutende Frau bewusstlos mitten im Raum. Zusammen mit Caecilia brachte sie Tarea in ihr Zimmer. Mit einer alten, in Kräuterwissen erfahrenen, Sklavin versuchten sie nun Tarea zu helfen. Die Blutungen waren schnell gestoppt, doch im Laufe dieser Nacht verschlechterte sich der Zustand Tareas immer mehr.

Am Morgen, als die ersten Sonnenstrahlen durch das Fenster auf die Liege fielen, verstarb die Sklavin an den inneren Verletzungen. Laetitia saß am Bett der Freundin und konnte nicht mehr aufhören zu weinen. Die Herrin versuchte sie zu trösten und konnte ihr doch keinen Trost spenden. Am nächsten Tag traf sie sich, immer noch geschockt vom plötzlichen Tod der Freundin, wieder mit Siegfried. Sie erzählte ihm die Geschichte und er holte einen kleinen Dolch aus seinem Umhang.

Siegfried drückte ihr den silbernen Dolch in die Hand und sagte „Er wird dich beschützen." Laetitia betrachtete den Dolch. Ein kleiner silberner Fisch verzierte den Griff. „Ich habe ihn dort an dem Stand gekauft, nach unserem ersten Treffen." Sie nickte dankbar, zog den Dolch heraus und prüfte die Schärfe der Klinge. Diese war zwar nur zwei Handbreit lang, aber sehr spitz und scharf. Sie verstaute ihn in einer Tasche ihres Kleides.

„Ich werde in ein paar Tagen in den Krieg ziehen." sagte er und sie erschrak. Erst musste sie die Freundin zu Grabe tragen und nun würde sie auch noch der Freund verlassen. Sie versuchte tapfer zu sein, um ihn nicht mit ihren Tränen zu belasten, doch tief in ihrem Inneren war nun alles Leer. Sie verabschiedeten sich und nachdem Siegfried weg war, ging sie zu Julica, um ihre Tränen frei zu lassen.

Als Siegfried wieder bei seinen Legionären im Lager eintraf, sah er dort schon Terentius stehen, der etwas älter war als er und ebenfalls in der Legion diente. Eigentlich hatte er ein ungutes Gefühl, wenn er dem Älteren begegnete, doch sie hatten schon oft gemeinsam gekämpft. Bisher zwar nur in kleinen Kämpfen, aber jetzt ging es in einen großen Feldzug. Gemeinsam gingen die Beiden zu Gajus und mit diesem zusammen zum Tribun, wo schon alle Offiziere der Garde versammelt waren.

Der Mann blickte auf die vielen Offiziere und verkündete, dass sie zusammen mit anderen Legionen nach Britannien ziehen werden, um dort zu kämpfen. Ein Raunen ging durch die Reihen und alle dachten an vergangene Feldzüge. Diesmal würden sie mit Schiffen über das Meer auf die andere Seite übersetzen. Bis dahin würden sie aber einen weiten Fußweg haben.

Schon am folgenden Tag zogen die tausenden Männer, mit all ihrer Habe im Tross, los. Siegfried hatte keine Zeit mehr gehabt mit Laetitia zu reden und er konnte nur an sie denken. Er hoffte, dass es ihr gut gehen würde. An der Spitze seiner Männer marschierte er die Straße entlang. Der Staub, der von den Männern aufgewirbelt wurde, legte sich als grauer Schleier auf Schilder und Helme.

Er legte sich auch knirschend zwischen die Zähne und brachte die Augen zum tränen. Überall war dieser Staub und jeden Abend, nach der Sicherung des Lagers, schüttelte Siegfried den Staub aus seinem Umhang. Sie waren ein paar Wochen unterwegs, bis sie an den Ufern des Meeres standen. Noch einige Legionen folgten und viele Schiffe trafen mit weiteren Männern ein.

Die Einheiten wurden der Legion II Augusta zugeteilt, die unter dem Befehl Vespasians stand. Zwar war so ein Tausch der Legionen unüblich, und für die Garde erst recht, es war wie eine Abwertung für sie, aber aus irgendeinem Grund musste es ja so sein, dass gerade die Einheit, die Gajus kommandierte, zu einer Legion abgestellt wurde. Von jetzt an trugen sie den Pegasus als Wappentier auf ihrem Schild. Nach und nach versammelten sich vier Legionen am Ufer der See. Damit waren etwa 20.000 Legionäre und fast genauso viele Hilfstruppen hier vereinigt.

Nun warteten alle nur noch auf den Befehl des Kaisers und etwas gutes Wetter für die Überfahrt. Ungeduldig schaute Siegfried auf die See, hinter der sein erster großer Feldzug auf ihn wartete. Er wollte dort zeigen, was er schon alles konnte.

8. Kapitel

Die neue Freundin

Vier Wochen war es her, dass Laetitia die Freundin in den Katakomben beerdigt hatte. Sie hatte den Dolch nun immer unter ihrem Kleid, man konnte ja nie wissen, ob man ihn nicht brauchen würde. Schon oft hatte sie überlegt, ob sie nicht auch woanders eine Arbeit finden konnte, doch die Arbeit in der Färberei und das Nähen der Kleider gefiel ihr ganz gut. Nur der Hausherr war nicht so nach ihrem Geschmack. Zu gefährlich war er, aber wenn sie sich von ihm fernhielt ging es.

An einen schönen warmen Tag ging sie mit einem Korb und einer Sklavin auf den Markt hinunter, um Lebensmittel zu kaufen. Sie ging von Stand zu Stand und prüfte die Früchte der Bauern. Schon einiges war in den Korb gewandert und nun stand sie dort und begutachtete ein paar Äpfel. Neben ihr trat eine junge Frau in einem weißen Gewand an die Auslage. Beide griffen sie zum selben Apfel und ihre Hände berührten sich.

Sie lachten und Laetitia reichte der Anderen den Apfel. Die junge Frau biss hinein und gab die zweite Hälfte an sie zurück. Nun aßen sie beide den Apfel auf. Die Körbe der beiden Frauen füllten sich mit Äpfeln und das Geld wechselte den Besitzer. An der anderen Seite war ein Schmuckstand und beide wendeten sich dort hin. Als sich Laetitia über die Auslage beugte sah die andere Frau den Griff des Dolches unter dem Kleid hervor blitzen.

„Den Dolch kenne ich doch." sagte die Frau und Laetitia fuhr herum. „Woher?" fragte sie und zog den Dolch hervor. Sie zeigte den Griff und die andere nickte. „Ja, den hatte Siegfried mal." sagte sie und Laetitia antwortete „Woher kennst du Siegfried." „Ich bin Sofara und wir haben ein paar Jahre wie Bruder und Schwester im Hause meines Vaters Gajus gelebt."

So kamen sie über den gemeinsamen Freund ins Gespräch und begannen sich auszutauschen. Zwar war Sofara ein Jahr jünger wie Laetitia, und damit gerade erst sechzehn, und doch sollte sie demnächst einen Senator heiraten. Sie hatte ihn bisher aber noch nicht gesehen. Die Hochzeit war von ihren Eltern ausgehandelt worden und sollte an Sofaras siebzehnten Geburtstag stadtfinden.

Zusammen beschlossen die beiden jungen Frauen sich den Senator vorher schon einmal heimlich anzusehen. Laetitia überlegte, wo dies möglichst unauffällig passieren konnte und kam darauf, dass das Badehaus vermutlich der beste Platz, und auch noch vollkommen unverfänglich, war. Dorthin ging ein jeder aus Rom. Sie mussten nun nur noch herausbekommen, wann er dort sein würde.

Sie verabredeten sich für den nächsten Tag in der Nähstube der Färberei. Bei der Gelegenheit konnte Laetitia gleich noch ein schönes Kleid für die Freundin anfertigen. Nachdem sie sich mit einer Umarmung verabschiedet hatten, und jeder seiner Wege gegangen war, machte sich Laetitia auf den Weg zum Hause des Senators. Sie sah, dass die Mutter des Senators die Frau war, der sie die neue grüne Stola genäht hatte und so konnte sie sich unauffällig in das Haus begeben, indem sie vorgab sich nach dem Sitz des Kleidungsstückes erkundigen zu wollen.

Schnell kam sie mit der älteren Frau, die sicher mehr als fünfzig Jahre alt war, ins Gespräch und über das Kleid kam sie auch irgendwie zum Badehaus. Wie sie das genau gemacht hatte, konnte sie selbst nicht mehr sagen. So erfuhr sie, dass der Senator jeden Sonntagvormittag im Badehaus war. Nun wusste sie alles, was sie wissen wollte und verabschiedete sich schnell von der Frau. Auf dem Weg aus dem Haus konnte sie noch einen Blick auf den Senator, und zukünftigen Mann ihrer Freundin, werfen, der gerade an ihr vorbei in den Garten ging.

Am nächsten Morgen kam Sofara wie verabredet in die kleine Nähstube und bestaunte den regenbogenfarbenen Stoff. „Davon soll mein Brautkleid sein." sagte sie zu Caecilia, die mit ihr zusammen in den Raum gekommen war. Laetitia nahm die Maße ab und begann den Stoff zuzuschneiden. Nachdem Caecilia gegangen war, blieb die Freundin im Raum bei Laetitia, schaute bei den Näharbeiten zu und so konnten sich die beiden jungen Frauen austauschen. Sie verabredeten sich für ihr Treffen am Sonntag im Badehaus und später verließ Sofara die Nähstube wieder, während die andere Frau weiter an dem Kleid nähte.

Der Sonntag war ihr arbeitsfreier Tag und so verabschiedete sich Laetitia schon kurz nach Sonnenaufgang von ihrer Herrin. Am Eingang des Badehauses traf sie auf die Freundin, die dort sicher schon eine ganze Weile gewartet hatte. Gemeinsam betraten sie den Vorraum und legten ihre Sachen ab. Auch ihren Dolch gab sie ab, von dem sie sich sonst nicht trennte. Seit dem Tod der Freundin hatte sie den Hausherren nicht mehr gesehen und er hatte Tarea durch eine neue Sklavin ersetzt, die ihm nicht so abgetan war wie Tarea.

In große Tücher gehüllt setzten sich die beiden Frauen in den Bereich hinter dem großen Becken auf eine der Bänke. Sie warteten eine ganze Weile bis Laetitia sagte „Da kommt er." Sofara schaute nach vorn und sah einen alten Mann mit grauen Haaren. „Der ist ja so alt." entfuhr es ihr. „Nicht der. Der andere." sagte Laetitia. Nun sah die Freundin den Mann. Er war etwa dreißig Jahre alt und sehr muskulös.

Er setzte sich zu dem anderen Mann ins Becken und Sofara ging unter einem Vorwand ganz nah an ihm vorbei.

Nachdem sie sich wieder zu ihrer Freundin gesetzt hatte erhob sich der Mann und verschwand in den hinteren Bereich. Laetitia schlich ihm hinterher und sah ihn wenig später hinter ihrer Freundin Julica knien. Beide stöhnten und so versteckte sich Laetitia bis er wieder gegangen war. Sie sprach kurz mit Julica und ging danach zurück zu Sofara. „Er ist ein Stammkunde meiner Freundin Julica. Er ist großzügig und er hat spezielle Vorlieben. Aber das wirst du noch erfahren." sagte sie mit einem Augenzwinkern.

Die Freundin hielt es nicht auf der Bank. Sie schlich auch nach hinten und kam wenig später mit hochrotem Kopf zurück. „Ich weiß nicht, ob ich das kann." sagte sie und schaute zu ihrem zukünftigen Mann, der nun wieder im Becken saß. „Von dir erwartet man Treue, Freundlichkeit und gutes Auftreten. Für alles andere kannst du ihn ja zu Julica lassen." sagte Laetitia mit einem Augenzwinkern. Sofara nickte. Gemeinsam gingen sie in den Bereich der Frauen hinüber. Sie legte die Tücher ab und setzten sich dort in das große Becken mit dem warmen Wasser. Später kam noch Julica dazu und gemeinsam spielten sie mit dem Baby. Zum Abschluss genossen sie noch abwechselnd eine entspannende Massage von einem Sklaven und ließen so ihren Badetag ausklingen.

9. Kapitel
Kämpfe und hinterhältige Ränke

Bis zur Hüfte stand er im Wasser. Gerade eben war Siegfried von der Galeere in die flache Bucht vor der Küste gesprungen. Hinter ihm folgten seine Männer. Sie waren die Ersten, die sich zum Strand vorarbeiteten. Dort wurden sie schon von Verbündeten empfangen. Sofort fingen sie an Bäume zu fällen und einen langen Steg in das Wasser hinein zu bauen, damit alle anderen Legionäre mit trockenen Füßen das Ufer erreichen konnten.

Zwei weitere Galeeren brachten Legionäre an Land, die damit begannen ein Lager zu errichten, zu sichern und den Stand vor Feinden zu beschützen. Schnell nahm der Steg Gestalt an. Die Legionäre arbeiteten schnell und auch Siegfried langte mit zu. Weitere Schiffe näherten sich und warteten auf das Signal von Land, um die Pferde und Kämpfer anlanden zu können. Brett für Brett, Balken um Balken näherten sich Siegfrieds Männer dem tieferen Wasser.

Am Abend waren Steg und Lager fertig. Die ersten Legionäre kamen nun trockenen Fußes in das Lager, es dauerte aber einige Tage, bis alle an Land waren. Verbündete aus dem Insselland schlossen sich als Hilfstruppen an. Siegfried war auch auf dem nun folgenden Marsch vom Lager gegen den Feind immer ganz vorn. So hatte es Gajus vermutlich auch geplant gehabt.

Hinter dem Rücken der beiden Offiziere bahnte sich aber Unheil an. Terentius, der Notgedrungen, da er auch zu Gajus Einheit gehörte, mit vorn kämpfen und arbeiten musste, hatte dafür gar kein Verständnis. Viel zu sehr war er ein Offizier der Garde. Er nutzte seine Verbindungen, um den Ruf von Gajus und Siegfried zu schädigen. Des ungeachtet marschierten und kämpften sich die Legionen vorwärts.

Sie marschierten durch dichte Wälder und Siegfried fühlte sich oft an seine Heimat erinnert. Täglich gab es kleinere Kämpfe. Im Wald konnten die Legionäre ihre Schlachtordnung nicht einhalten und es gab Kämpfe Mann gegen Mann. Aus dem Dunkel des Waldes heraus brachen sie von beiden Seiten auf die Römer ein, die aber in der Übermacht und gut ausgebildet waren.

In diesen Kämpfen konnte Siegfried ganz besonders gut zeigen, wie er kämpfen konnte, und da wo sein Schwert niedersauste blieb er siegreich. Sein Ruhm sprach sich schnell herum und der Tribun Vespasian wurde auf ihn aufmerksam. Das gefiel Siegfrieds Widersacher noch viel weniger. Zusammen mit ein paar Legionären aus seiner Einheit überlegte er sich einen Plan, wie er sich Siegfrieds entledigen konnte und wie er selbst wieder zur Garde zurück konnte.

Hinter dem Rücken von Gajus nahm er zur Garde Verbindung auf, die viel weiter hinten war und nicht kämpfen musste. Eine unsichtbare Gefahr schwebte wie ein Schwert über Siegfried, während er sich täglich an der Spitze seiner Männer in den Kampf stürzte. Schließlich trafen sie an einer Furt auf die feindliche Armee. Hier konnten sie den Feind endlich auf offenem Feld stellen.

Zwei Tage wogte der Kampf hin und her. Ungeordnet stürmten die Barbaren auf die Römer zu und diese schlugen einen Angriff nach dem anderen geordnet zurück. Keiner konnte einen Vorteil für sich aus dem Kampf ziehen, nicht ein römischer Soldat wankte oder floh. Die Schlachtordnung, die sie so oft geübt hatten, hielt. Die Gegend war besser für den Kampf der Britannier geeignet, aber das Geschick und die Kriegskunst lagen auf der Seite der erfahreneren und disziplinierteren Römer. Am zweiten Tag gelang es Siegfried in einem Zweikampf mitten im Kampfgetümmel einen der feindlichen Anführer zu töten. Daraufhin neigte sich das Kriegsglück weiter zu Gunsten der Römer.

Die Britannier flohen und wurden immer weiter verfolgt. Mehr als zwei Monate lang trieben die römischen Soldaten den ausweichenden Feind nun vor sich her, ohne dass es zu weiteren großen Kämpfen kam. Nur kleinere Gefechte mit versprengten Feinden wurden geführt. Aus Rom kamen weitere Truppen zur Verstärkung und auch der Kaiser traf ein. Unter seiner Leitung begannen sie die Burg des feindlichen Anführers zu belagern. Schwere Wurfgeschütze schleuderten Steine in die Burg hinein.

Schließlich stürmten die Legionäre die Burg Camulodunum. Sie fielen über die, in die Burg geflohene, Bevölkerung her, plünderten, vergewaltigten und brandschatzten. Den Legionären gefiel dies, da sie gute Beute machen konnten, aber Siegfried versuchte für die Bevölkerung Partei zu ergreifen, um sie zu schützen. Nicht gegen die Bevölkerung wollte er Krieg führen, nur gegen die Feinde. Immer mehr und immer lauter setzte er sich für die Menschen ein. Er stoppte auch seine Einheit, so dass diese nicht mit bei der Plünderung teilnehmen konnte.

Darauf hatte Terentius nur gewartet. Eines Abends, als es wieder ein Streitgespräch zwischen Siegfried, Gajus und einem Konsul gab, wurde Siegfried hinterrücks niedergeschlagen. Als er wieder erwachte sah er sein Schwert im Körper des Konsuls stecken und Gajus schwer verletzt neben sich liegen. Die Wachen der Legion, die zu der Stelle geeilt waren, und um ihn herum standen, nahmen ihn sofort fest und führten ihn dem Tribun vor.

Für den nächsten Tag wurde eine Gerichtsverhandlung einberufen und Siegfried wurde in Gewahrsam genommen. Die ganze Nacht zerbrach er sich seinen Kopf, was wohl passiert war. Nach und nach erst kam die Erinnerung zurück. Aber er konnte sich noch nicht vorstellen, wer es wohl gewesen war, der ihn zusammen geschlagen und den Konsul getötet hatte. Wie im Nebel lagen die Erinnerungen an den Tag.

Das Gericht trat zusammen und Siegfried wurde vorgeführt. Der Tribun und ein paar höhere, erfahrene Offiziere, mussten ein Urteil fällen. Die Beweise für seine Schuld waren zu erdrückend, schließlich steckte das berühmte und überall in den Legionen bekannte Schwert im Körper des Konsuls. Da Gajus noch nicht wieder erwacht war und Siegfried sich an nichts mehr erinnern konnte, fällte der Tribun Vespasian schließlich das Urteil. „Wir verurteilen dich zum Tode, doch im Angesicht deiner, für uns erbrachten Siege, wirst du die Möglichkeit erhalten, für dein Leben zu kämpfen. Du wirst als Gladiator zurück nach Rom gebracht werden."

Siegfried beugte sich dem Urteil und legte seine Waffen und Rüstung ab. In Ketten wurde er zurück zu einer Galeere gebracht, in deren Laderaum er eine ganze Weile unterwegs war, bis er wieder an Deck durfte. Sein Ziel war aber nicht Rom gewesen. Terentius hatte dafür gesorgt, dass er im Süden in einen Ludus, eine Gladiatorenschule, gebracht wurde.

10. Kapitel
Julicas Rat

Seit mehr als einem Jahr lebte sie nun schon mit ihrer Tochter zusammen, die ja eigentlich gar nicht ihre Tochter war. Sie hatte sie Gabriella genannt und konnte sich doch schon jetzt nicht mehr vorstellen, wie es ohne sie vorher gewesen war. Julica schaute auf das kleine Kind herunter und nahm sie auf ihren Schoß. Es war einer dieser Tage im Monat, an denen sie nicht arbeiten konnte und so verschloss sie schon am Morgen ihre Tür. Sie zog ein Tuch vor das Schild über ihrer Tür, auf dem ihre Dienste abgebildet waren, verließ mit Gabriella im Arm das Badehaus und begab sich in einen nahe gelegenen Park.

Die Frau setzte sich auf eine der Bänke, die um einen kleinen Brunnen herum gebaut waren. Sie sah den Vögeln zu und setzte ihre Tochter neben die Bank an den Rand einer Blumenrabatte. Die kleine Tochter begann an einer der Blumen zu ziehen und Julica schaute von der Bank aus zu. Sie dachte an ihre eigene Kindheit, die nicht viel anders gewesen war, wie die von Gabriella wohl sein würde. Sie stützte ihren Kopf auf die Lehne der Bank und dachte nach, auch sie war einst abgegeben worden. Ihre Mutter konnte sie nicht behalten und so war sie im Badehaus gelandet. Zuerst hatte sie dort sauber gemacht und später beim Bedienen der Gäste am großen Becken geholfen.

Julica zog eine der Haarsträhnen ihres rotblonden Haares nach vor. Das hatte ihr sicher einer ihrer gallischen Vorfahren vererbt und diese Haarfarbe machte sie bei den Männern so begehrt. Sie spielte mit einer der Locken und drehte sie um ihren Fingen. Sie war jetzt fünfundzwanzig Jahre alt und spätestens in etwa fünfzehn Jahren würde sie ihre Arbeit als Hure nicht mehr machen können. Dann würde sie ihren kleinen Raum an Gabriella übergeben und mit dem gesparten Münzen, so wie ihre Ziehmutter zuvor, einen kleinen Stand auf dem Markt aufmachen, aber bis dahin war es noch ein weiter Weg.

Von der anderen Seite des Parks traten Laetitia und Sofara auf sie zu. Sie waren auf dem Weg zu Badehaus, als sie die Freundin auf der Bank sitzen sahen und ihr zu gewunken hatten. Alle drei Frauen setzten sich auf die Bank und genossen die warmen Strahlen der Sonne. Gedankenversunken schaute Laetitia auf den Brunnen. Wie sollte sie sich entscheiden? Ihre Freundin würde bald Heiraten und wäre damit bei ihrem neuen Mann. War das auch ein Weg für sie, um aus der Färberei, und damit aus den Händen Publius, zu verschwinden? Sie machte eine Bewegung zu Julica zu, um sie zu fragen und spürte dabei den Dolch an ihrer Seite. Sie hatte ihn in eine Tasche gesteckt, die sie selbst in das Kleid genäht hatte. War das die Antwort auf die ungestellte Frage?

Sie griff an die Hüfte und spürte den Dolch in der Hand. Julica sah die Bewegung und schaute sie fragend von der Seite aus an. „Was soll ich tun?" brach es schließlich aus Laetitia heraus „Ich kenne Siegfried doch nur ganz kurz und nun ist er schon so lange weg." „Du musst auf dein Herz hören." sagte Julica „Dort drin kennst du die Antwort." Dabei tippte sie auf Laetitias Herz. Gabriella riss eine Blume ab und brachte sie Julica. Sie nahm das Mädchen auf den Schoß und zusammen betrachteten sie die weiße Blume mit den großen Blütenblättern.

„Wie kommst du denn eigentlich mit der Kleinen zurecht bei deiner Arbeit?" fragte Sofara und zupfte eines der Blütenblätter ab. „Eigentlich ganz gut." sagte Julica mit einem Augenzwinkern „Wenn eine von uns gerade beschäftigt ist, kümmern sich die Anderen um die Kinder. Wir haben ja fünf Kinder, so wie Gabriella. Sie wird irgendwann dasselbe machen wie ich." Sofara schüttelte den Kopf „Ich könnte das nicht." „Ich musste es auch erst lernen." erwiderte Julica. „Kann man so etwas lernen?" fragte Laetitia neugierig. Julica zwinkerte ihr zu. „Man kann alles lernen." sagte sie spöttisch und Laetitia wurde rot bis zu den Ohren.

„Ich habe eine Menge gelernt und nun kann ich dafür meinen Preis verlangen. Mit dem Geld unterstütze ich meine Mutter. Natürlich nicht meine richtige, sondern die, die mich großgezogen hat." sagte Julica nachdenklich. „Und mit ihr wird es so weiter gehen?" fragte Laetitia und zeigte auf Gabriella. Julica nickte „Ja, so wie bei mir." setzte sie nachdenklich hinzu und spielte mit den Löckchen des Kindes auf ihrem Schoß. „Könntest du mir etwas beibringen?" fragte Sofara und wurde dabei sofort rot. Julica schüttelte den Kopf „Nein, das muss dein Mann dir alles zeigen. Du wirst doch die Frau eines Senators." „Und ich?" fragte Laetitia „Dir wird dein Siegfried alles beibringen." erwiderte Julica mit einem Lächeln.

„Ich würde auch liebend gern etwas anderes machen." setzte sie hinzu „Aber ich kann nicht. Dort verdiene ich mein Geld, ich habe freie Kost und Unterkunft. Ich muss ja auch für die Kleine sorgen." schloss sie und strich Gabriella über den Kopf. „Irgendwann werde ich, so wie meine Mutter, etwas anderes machen müssen. Noch bin ich jung." Mit diesen Worten erhob sich Julica von der Bank. „Ich muss da irgendwie aus dieser Färberei weg. Publius macht mir Angst. Ich will nicht so enden wie meine Freundin." sagte Laetitia beim Aufstehen. Gemeinsam gingen sie in Richtung des Badehauses davon.

Ein paar kleine Bäume säumten ihren Weg und so mancher Mann schaute verschämt zur Seite, als Julica an ihm vorbei ging. Sie grüßte jeden mit einem verschmitzten Lächeln, und jede der beiden anderen Frauen wusste Bescheid.

Jede hing in ihren Gedanken. Sofara dachte an ihre Hochzeit, die nicht mehr allzu lange entfernt lag, Laetitia dachte an Siegfried, den sie im Kampf wähnte und Julica dachte an ihre Mutter und an die kleine Gabriella in ihrem Arm. Über den Vieren kreiste ein Adler und schaute auf sie hinunter. Als Laetitia nach oben sah dachte sie an ihren Geliebten, der ja nach ihrer Annahme immer noch unter dem Symbol des Adlers in der Legion kämpfte. Der Adler war auf jeder Standarte der römischen Legionen oben drauf und so stellte sie dem Adler die Aufgabe Siegfried zu grüßen, aber der war ja viel zu weit entfernt für den kleinen Adler.

11. Kapitel
Eine neue Ausbildung

Er saß im Dunkel und wusste nicht, wie lange schon. Von Zeit zu Zeit wurde die Tür geöffnet, eine Schüssel mit Bohnen und etwas Wasser in einem Krug vor ihn hin gestellt. Immer noch trug er die Ketten und diese scheuerten seine Handgelenke auf. Wenn er sich um die Hände fasste, konnte er die Flüssigkeit spüren. Ob es Blut oder Eiter war, konnte er nicht sagen, doch die Wunden entzündeten sich und stanken schon. Der Ludus lag nicht weit weg vom Hafen, das hatte er gesehen, als man ihn hier her gebracht hatte. Ein flaches Haus auf der einen Seite des Hofes, darin war er gerade, und eine Villa auf der anderen. Vor einem großen Bergkegel.

Den großen Hof hatte er nur kurz überquert und dort etwa zwanzig Gladiatoren beim Training gesehen. Warum er noch immer hier im Dunklen saß, konnte er sich nicht erklären, aber vielleicht war das ja ein Teil seiner Ausbildung. Oder es sollte nur dazu dienen, seinen Willen zu brechen. Wie lange sollte er noch hier drin bleiben? Er konnte nur Geduld haben und warten. Im Gang vor seiner Zelle hörte er Schritte und die Tür wurde geöffnet. Das Tageslicht fiel herein und blendete ihn. Diesmal wurde kein Essen gebracht, sondern er wurde in eine andere Zelle gezogen. Diese hatte ein vergittertes Fenster und die Seite zum Gang bestand aus einer großen Gitterfront, so dass die gesamte Zelle vom Gang aus einsehbar war.

Die Fesseln wurden ihm abgenommen. Ein Medicus schmierte ihm eine Paste auf die wunden Handgelenke und verband diese danach mit einem nicht ganz sauberen Tuch. Diese Zelle hatte ein Bett, einen Hocker und einen kleinen Tisch. Es wurde ihm von einem Sklaven auch ein Bottich mit Wasser zum Waschen gebracht. Keiner hatte auch nur ein Wort mit ihm gewechselt, alles war in vollkommener Stille abgelaufen. Nachdem er sich gewaschen hatte wurde er in den Hof geführt. Er musste sich vor die Villa stellen und warten. Nach einiger Zeit trat über ihm ein, in ein weißes Gewand gehüllter, Mann auf einen Balkon und schaute zu ihm herunter.

„Du wurdest mir von dem Gericht überstellt, damit du für deine Freiheit kämpfen kannst. Solltest du bei deinen nächsten fünfundzwanzig Kämpfen siegreich bleiben, so lasse ich dich frei. Du wirst unter dem Namen Siegrus Germanikus kämpfen und nun wähle deine Gladiatorengattung." sagte der Mann und zeigte auf einen Tisch, auf dem eine Reihe von Helmen aufgestellt war. Siegfried trat an den Tisch und schaute sich die Helme, einen nach dem anderen, an. Auf einem war derselbe Fisch abgebildet, der auch auf dem Dolch war, den er Laetitia geschenkt hatte. Er wählte diesen Helm und hielt ihn hoch. „Du hast den Murmillo gewählt, so sei es." sagte der Mann über ihm und verschwand wieder in seiner Villa.

Siegfried wurde in seine Zelle zurück gebracht. Erst dort konnte er über das Gesagte des Mannes nachdenken. Fünfundzwanzig siegreiche Kämpfe sollte er bestehen. Das war eine fast unglaubliche Zahl und im Moment konnte er sich einfach nicht vorstellen, so viele Kämpfe überhaupt zu überleben, geschweige denn zu siegen. Er legte sich auf seine Liege und starrte an die Decke seiner Zelle. War das auch ein Teil des Komplottes gegen ihn? Irgendjemand wollte offensichtlich nicht, dass die Wahrheit über diese Nacht, in der der Konsul starb, an die Öffentlichkeit kam. Oder war er es doch selbst gewesen, der Gajus niedergeschlagen hatte und den andern Mann aus blinder Wut getötet hatte? Immer noch war die Erinnerung nicht vollständig zu ihm zurückgekehrt.

Am nächsten Morgen begann seine Ausbildung. Ein Mann brachte ihm den Helm in die Zelle und er musste ihn aufsetzen. Von nun an durfte er den Helm nur zum Essen und Schlafen wieder abnehmen. Die Sicht in diesem Helm war mehr als eingeschränkt. Die ersten paar Mal rannte er mit dem Helm gegen die Wand, er war zwar Helme aus der Legion gewöhnt, aber dieser hier war eindeutig nicht zum Sehen gemacht. Gegen Mittag wurde er aus seiner Zelle geholt und musste in der Hitze der Sonne um den Hof laufen. Auf einer Seite waren Holzpfähle in den Boden eingegraben, um die er herum laufen musste. Er lief bis zur völligen Erschöpfung und konnte sich nicht daran erinnern, wie er in seine Zelle zurückgekommen war, als er am nächsten Morgen erwachte.

Jeden Tag ging das nun so. Er rannte eine Runde um den Hof, dann musste er einen schweren Stein auf die Schulter nehmen und diesen zehn Mal nach oben stemmen, danach wieder eine Runde im Hof laufen. So ging das ein paar Wochen, bis er einen großen Schild dazu bekam, mit dem er nun laufen musste. Er war ja schon vorher nicht schwach gewesen, doch das Training machte ihn unglaublich stark. Zusammen mit den Bohnen, die es mehrmals am Tag gab, verhalf ihm das zu Muskeln, von denen er vorher nicht geglaubt hätte, dass so etwas möglich gewesen wäre.

Die anderen Gladiatoren sah er in der ganzen Zeit nur von Fern. Während er um den Hof rannte, kämpften sie in der Mitte des Hofes. Der Trainer war gleichzeitig Masseur und Medicus. Nach jedem Tag wurden die Gladiatoren von ihm massiert, nur so konnten die schmerzenden Muskeln sich wieder entspannen. Zusammen mit den Ölen, die der Mann in die Haut rieb, half Siegfried diese Massage über so manchen Muskelkater hinweg. Jede seiner Übungen wurde von Balkon der Villa aufmerksam verfolgt. Der Herr und seine Frau saßen dort und schauten den Kämpfern im Hof zu. Von dort oben aus trieb der Herr auch die Kämpfer an, wenn er der Meinung war, dass sie sich nicht genug anstrengen würden. Seine Frau stand, oder saß, nur still daneben. Sie sah einfach zu den Männern herunter und in den Pausen schauten die Männer heimlich nach oben.

Offensichtlich genoss die Frau die Blicke der Männer. Sie stellte sich mit ihrem weißen Gewand an den Rand des Balkons, fuhr mit ihrer Hand durch das lange schwarze Haar und ließ den Wind durch ihr Gewand wehen. Vermutlich war alles das Absicht von ihr, aber irgendwie ärgerte es sie, dass einer nicht zu ihr herauf sah.

Siegfried schaute jeden Tag in der Pause nach draußen, wo er einen kleinen Zipfel des Meeres sehen konnte. Dort hinter diesem Meer wusste er Laetitia in Rom. Was würde sie wohl gerade machen?

12. Kapitel

Ein neuer Gott

Gedankenverloren stand Laetitia an dem Waschtrog im Hof. Seit einem Jahr schon hatte sie Siegfried nicht mehr gesehen. Den ganzen Vormittag hatte sie in der Färberei geholfen. Die schwere Arbeit lenkte sie ab, in der Nähstube hatte sie viel zu viel Zeit zum Nachdenken und Grübeln. Auch wenn sie den Mann nur ein paar Monate und nur ein paar Mal in dieser Zeit gesehen hatte, so hing doch ihr Herz schon an ihm.

Sie hatte das Kleid bis zu den Hüften herauf gezogen und wusch sich die Färberbrühe von den Beinen ab, als sie im Rücken einen Blick spürte. Sie fuhr herum und sah den Hausherrn am Fenster stehen. Ihr Kleid war auch oben herum verrutscht und sie spürte seinen lüsternen Blick auf ihrer nackten Schulter brennen. Sie griff sich an die Hüfte und erschrak. Sie hatte den Dolch in der Nähstube liegen lassen. Schnell lief sie zu der Nebentür und betrat den Raum. Auf dem Tisch lag der kleine silberne Beschützer, den sie schnell wieder in ihrem Kleid verbarg.

Aber konnte er ihr wirklich helfen, wenn sie ihn brauchen würde? Sie sehnte sich nach Siegfried. Seine starken Arme würden sie ganz sicher beschützen können. Den Rest des Tages nähte sie und dabei ging ihr Blick oft zum Festeren hinaus auf die Wiese vor dem Haus und sie stellte sich vor, der Geliebte würde über diese Wiese zu ihr kommen. Erst nach Einbruch der Dunkelheit ging sie Müde in ihr Zimmer und schlief schnell ein.

Ein Geräusch ließ sie zusammen zucken. Sie sah in die Augen von Publius. Der sich im Scheine eines Öllichts über sie beugte. Ihr

Blick ging zu dem Dolch, der neben ihr auf dem Tischchen lag. Nur ein kleines Stückchen zu weit, um ihn jetzt zu erreichen. Noch bevor sie eine Bewegung machen konnte, hatte der Hausherr schon ihre Arme festgehalten und ihr das Nachtgewand mit den Knien hoch geschoben. Sie dachte an ihre Freundin und lies Geschehen was geschehen sollte. Sie wehrte sich nicht, sondern biss nur angewidert die Zähne zusammen. Mit einem Stöhnen wälzte sich der dicke Mann von ihr und verließ den Raum zufrieden grunzend wieder.

Laetitia ging zu dem Holzbottich und wusch sich die Spuren des Mannes von ihrem Körper. Der Zorn und die Scham ließen ihr Gesicht glühen und als sie sich wieder hinlegte nahm sie den Dolch mit ins Bett. Fest umklammerte sie den Griff des Beschützers, der ihr doch nicht hatte helfen können. Am nächsten Abend blickte der Hausherr aber auf die Spitze des Dolches und in die vor Zorn funkelnden Augen der jungen Frau, als er es erneut versuchte sie zu bedrängen. Nun musste er sich ein anderes Opfer für seine Gier suchen. Seit Caecilia ihr zweites Kind verloren hatte und seitdem nicht mehr schwanger geworden war, wurde es nur viel schlimmer mit Publius.

Ein paar Tage später wollte Laetitia ein Kleid zu ihrer Freundin Sofara bringen und wurde dabei von ihrer Herrin begleitet. Die zukünftige Frau eines Senators war immer eine gute Anlaufstelle und man konnte dort oft gute Verbindungen knüpfen. Als sie beide an der Tür klopften, wurde von einer alten Sklavin geöffnet, die die beiden Frauen erschrocken anblickte. Hinter ihr stand Sofara und schaute genau so erschrocken. Als sie aber die Freundin erkannte, lösten sich ihre Gesichtszüge und sie bat die beiden Frauen ins Haus.

Im Hof des Hauses waren etwa zehn Frauen und ein paar Männer, vermutlich Sklaven, versammelt, die alle genauso erschrocken schauten, wie Sofara zuvor. „Was wurde hier verbotenes gemacht?" fragte sich Laetitia in Gedanken und ging in den Hof. Sie war neugierig geworden. Aus einem Seiteneingang schaute ein bärtiger Mann heraus, der sich dort offensichtlich versteckt hatte. Sofara erklärte den beiden Neuankömmlingen, das sie hier einen neuen Gott verehren würden. Einen Gott, der als Mensch gelebt und für sie alle gestorben war. Laetitia war nicht so überrascht, Götter gab es hier in Rom hunderte. An jeder Straßenecke stand ein Tempel. Über all dem stand als Gott nur der Kaiser. Warum machte man nun damit so ein Aufhebens und warum die Angst in den Augen der Menschen?

Die beiden Frauen setzten sich und hörten zu. Der Mann begann zu berichten aus einem fernen Land, von einem Prediger, der mit seinen zwölf Freunden durch die Wüste gezogen war. Es wurde ein langer Vortrag und erst am Ende wurde Laetitia klar, worum es hier ging und warum diese Angst so tief saß. „Du sollst keinen Gott neben mir haben." War die Aussage, die diese Angst schürte. Wenn man diesem Gott, der offensichtlich sehr barmherzig war, zugetan war, so durfte man den Kaiser nicht mehr als Gott sehen, sondern nur noch als Mensch. Das war das Gefährliche an diesem Glauben, aber Laetitia und ihrer Herrin gefielen die Ansichten des Predigers.

Am Ende der Rede ließen sich die beiden Frauen an dem Brunnen des Hauses taufen und erhielten jeder einen kleinen hölzernen Fisch. Es war das Symbol dieses neuen Glaubens, so wie das Kreuz, an dem ihr Gott gestorben war, um wieder auf diese Welt zu kommen. Von diesem Tag an trafen sich die Frauen und Sklaven regelmäßig in den Häusern. Immer wenn die Männer aus dem Haus waren versammelten sie sich an wechselnden Treffpunkten. Der Fisch war immer ihr Erkennungszeichen.

Oft saßen Laetitia und Caecilia abends wieder im Garten, so wie sie es früher mit Tarea gemacht hatten, nur diesmal unterhielten sie sich über den neuen Gott. Leise flüsternd, damit sie keiner hören konnte, tauschten sie sich ihre Ansichten aus und manchmal kam auch Sofara mit zu ihnen. Vor Publius mussten sie sich dabei in Acht nehmen. Vermutlich wollte er Caecilia, jetzt, da sie ihm keine Kinder mehr schenken konnte, so schnell wie möglich wieder loswerden, zumindest gab er den Frauen oft das Gefühl. Und da wollten sie ihm keinen Anlass dazu geben.

Immer wieder mussten sie sich auch vor den Wachen in Acht nehmen. Dieser neue Glaube war verboten worden, aber die Frauen und Sklaven trafen sich weiter heimlich. Eines Tages wurde der Prediger von den Wachen verhaftet, als er gerade zu einer ihre Versammlungen gehen wollte. Laetitia hatte es gesehen und schnell die Frauen gewarnt. Als die Wachen danach in das Haus stürzten, saßen sie alle im Garten und nähten an ein paar Kleidern und so mussten die Wachen unverrichteter Dinge wieder abziehen.

Schon am nächsten Tag hatten die Wachen den Prediger, der seinem Gott nicht abschwören und das Bild des Kaisers nicht verehren wollte, am Kreuz hingerichtet und nun übernahm Caecilia die Aufgabe des Predigers in ihrer kleinen Gruppe. Ihr Glaube hatte über ihre Angst gesiegt.

13. Kapitel

Freunde?!

Endlich war für Sofara die Zeit des Wartens vorbei. Am nächsten Tag würde sie Heiraten und die Aufregung war ihr deutlich anzusehen. Was würde nun auf sie zukommen? Ihre Mutter versuchte ihr einige Dinge über die Ehe zu erzählen, doch ging das nicht wirklich gut. Die Ehe zwischen Luzia und Gajus war ja auch nicht mit einer anderen Ehe zu vergleichen. Zu oft war der Mann im Kampf gewesen und in den mehr als zwanzig Jahren ihrer Verbindung war sie viel zu oft alleine gewesen. Luzia schaute auf ihre Tochter Sofara, die gerade das, von Laetitia gebrachte, Brautkleid anprobierte. Bei ihr würde es sicher anders sein. Sie hoffte es.

Das schöne, wie ein Regenbogen schillernde, Kleid passte perfekt. Laetitia hatte sich alle Mühe gegeben, den wertvollen Stoff zu einem ganz besonderen Kleidungsstück zu machen. Gerade gut genug für die Hochzeit ihrer besten Freundin mit dem Senator. Nach der Anprobe setzten sich die beiden Freundinnen auf die Terrasse des Hauses. Dies würde der letzte Abend und die letzte Nacht für Sofara in dem Haus sein, das sie ihr Leben lang kannte. Schweigend saß sie da und Laetitia hatte alle Mühe sie aus ihren Gedanken zu reißen.

Luzia hatte für Laetitia ein Gästezimmer vorbereitet und so musste die junge Frau am Abend nicht mehr durch die Straßen der Stadt zurück zu ihrem Färberladen. Für Laetitia war es eine sehr ruhige Nacht, endlich musste sie sich keine Gedanken um die Nachstellungen des Hausherren machen und die Tür zu ihrem Zimmer konnte sie in dieser Nacht auch unverschlossen lassen. Bereits früh am Morgen begann die Geschäftigkeit in dem Haus. Da Gajus immer noch im

Norden kämpfte, blieb alle Arbeit an Luzia hängen, aber sie hatte ja darin schon viel Erfahrung.

Nach dem Frühstück, von dem weder Laetitia noch Sofara vor Aufregung etwas essen konnten, traf eine, von vier Sklaven getragene, Sänfte vor dem Haus ein. Der Weg zum Haus des Senators war zwar nicht weit, doch diesen Weg sollte seine zukünftige Frau nicht zu Fuß, sondern getragen, zurücklegen. Nachdem das Kleid und die Frisur so waren, das alles für die Feier vorbereitet war, stieg Sofara in die Sänfte ein. Laetitia schloss die Vorhänge und zusammen mit Luzia ging sie hinter der Sänfte her. Der Weg war wirklich nicht so weit gewesen und schon wenig später standen sie vor dem Haus des Senators, das Laetitia ja schon kannte.

Die Mutter des Senators begrüßten die drei Frauen, und da ihr Mann schon verstorben und Luzias Mann im Krieg war, übernahmen die beiden älteren Frauen die Zeremonie. In einem kleinen Tempel hinter dem Haus war schon alles geschmückt. Die Tradition der Familie sah vor, dass der Mann von der Einen und die Frau von der anderen Seite den Tempel betreten und zusammen, sozusagen als Ehepaar, den Tempel auf den offenen, dem Haus zugewandten Seite, wieder verlassen sollten. So würden die Götter den Bund segnen. So geschah es auch und wenig später war Sofara die Frau des Senators.

Im Garten vor dem Tempel wurden die Freunde des Senators, sowie seiner Frau, von vielen Sklaven mit Getränken und Essen bewirtet. Es wurde Musik gespielt und man hörte leises Tuscheln und lautes Lachen. Die Feier ging bis zum Einbruch der Dunkelheit. Als sich Sofara und ihr neuer Mann zurückzogen, um die Freuden ihres Ehelebens in ihrer ersten Nacht auszukosten, setzte sich Laetitia auf der Terrasse an einen Baum. Sie schaute in die Ferne und dachte daran, wie das wohl sein würde, wenn sie und Siegfried heiraten würden. Sie hatte wirklich an Heiraten gedacht, obwohl sie ihn ja eigentlich gar nicht richtig kannte und doch sagte ihr ihr Herz, dass er der Richtige war. Sie stützte ihren Kopf in die Hand und schaute zum Mond hinauf.

Zum selben Zeitpunkt saß Siegfried in seiner Zelle und stützte seinen Kopf ebenfalls in die Hände. Seit einem halben Jahr war er nun schon im Ludus. Er hatte viele gehen sehen und auch ein paar neue waren dazu gekommen. Nun war er nicht mehr so ganz der Neuling, sondern er war schon einer der Erfahreneren, obwohl er noch nie in einem Gladiatorenkampf gewesen war. Seine Erfahrung in den vielen Kämpfen ersparte ihm da viel Zeit des Trainings.

Die neuen, noch unerfahrenen, Sklaven oder Gladiatoren, mussten erst drei Jahre üben, bevor sie ihren ersten Kampf bestreiten konnten. Für Siegfried würde es nun aber bald soweit sein. Der Herr hatte ihm angekündigt, dass er in der nächsten Woche seinen ersten Kampf in der Arena, gleich neben dem Ludus, führen würde. Über die anderen Kämpfer hatte er sich keine Gedanken gemacht. Natürlich hatte er sie beobachtet und auch eingeschätzt, wie ihre Kampfkraft war.

Es war eigentlich üblich, sich nicht mit den Anderen anzufreunden, man wusste ja nie, ob man nicht schon am nächsten Tag gegeneinander kämpfen musste. Von den vielen Kämpfern war ihm einer besonders aufgefallen, der ruhig und bedächtig, aber mit Kraft kämpfte. Jeder Schlag saß bei ihm und er war sichtbar genauso erfahren wie Siegfried. Vermutlich hatte auch er früher in einer Armee gekämpft. Mag es nun die Römische gewesen sein oder eine andere. Irgendwie fühlte sich Siegfried sonderbar zu diesem Mann hingezogen. Auch dem anderen schien es ähnlich zu gehen und an diesem Tage hatten sie in einer Kampfpause am Rande des Hofes die Möglichkeit zu einer kurzen Unterhaltung gehabt.

„Mein Name ist Markus, aber das ist nur mein Kampfname, so wie deiner Germanikus ist. Mein richtiger Name ist Maron." Hatte der andere gesagt und sie hatten ein paar Worte wechseln können, bevor sie der Trainer wieder zum Üben angetrieben hatte. Markus war schon zehn Jahre hier im Ludus und er hatte schon fast hundert Kämpfe siegreich bestritten. Unter all den Gladiatoren war er der Veteran.

Die Zelle von Markus war nebenan und Siegfried überlegte nun, jetzt am Abend, ob er ihn nicht einfach ansprechen sollte, als er leise seinen Namen hörte. Vorsichtig ging er an das Gitter und schaute sich zuerst im Gang um, ob der Trainer zu sehen war. Der sah das vermutlich nicht gern, wenn sich seine Kämpfer miteinander anfreundeten.

Leise, um die anderen nicht zu stören, begannen sie sich zu unterhalten. Sie erzählten sich von ihrem Leben, ihren Familien, die beide schon lange verlassen hatten und ihren Plänen. Aber konnte man, als dem Tode geweihter Gladiator, hier überhaupt Pläne machen?

14. Kapitel
Siegreiche Kämpfe

Als Siegfried seine Ausrüstung anlegte, dachte er daran, dass dies nun schon sein zehnter Kampf als Gladiator war. Jetzt war er schon mehr als ein Jahr hier im Ludus. Bei diesem Kampf würde er Seite an Seite mit Markus kämpfen, mit dem er sich über die Zeit angefreundet hatte. Markus kämpfte immer noch mit den Waffen seiner thrakischen Heimat, daher ging er als Tharex in die Arena. Das kurze, krumme Schwert führte er meisterlich. Nebeneinander saßen sie auf der Bank, im Dunkel der Gänge, unter der Arena.

Von den vorhergehenden Kämpfen wurden ein paar verletzte Gladiatoren zu ihnen herunter gebracht und an der Seite des Ganges lagen schon ein paar ihrer Kameraden, mit denen sie noch am Morgen gegessen hatten. Nun standen diese schon vor ihren Göttern. Siegfried zog sich die Beinschiene an und ließ sich vom Trainer mit der Armschiene helfen. Er griff sich den Helm und setzte ihn auf. Sorgfältig prüfte er die Schneide seines Schwertes. Es war derselbe Typ von Waffe, den er früher in der Legion geführt hatte, aber natürlich nicht so kostbar wie diese, sondern nur mit einem Holzgriff. Er stand auf und ergriff sein Schild. Hinter sich hörte er, wie Markus sich ebenfalls von der Bank erhob. Gemeinsam gingen sie den Gang entlang und blieben vor dem Gitter stehen, dass den Weg zur Arena verschloss.

Auf der anderen Seite der Arena öffnete sich das Tor und zwei Gladiatoren betraten das Rund. Sie blieben in der Mitte stehen und grüßten mit erhobenem Schwert das jubelnde Publikum, dann öffnete sich das Gitter vor Siegfried und die beiden gingen ebenfalls zur Mitte. Auch ihnen jubelte das Publikum zu. Es sollte einer der seltenen

Gruppenkämpfe werden. Zwei gegen Zwei. Der Sprecher stellte jeden der Kämpfer vor, dann rief er zum Kampf und die Kämpfer wendeten sich einander zu. In geduckter, sprungbereiter Haltung umkreisen sie sich. Immer auch auf den anderen Feind und den Partner achtend. Wer würde wohl den ersten Schlag ansetzen? Es war Markus, der sich auf seinen Gegner stürzte und ihn mit Hieben eindeckte.

Taumelnd wich der Feind zurück und wurde von der Menge ausgebuht. Schnell stellte er sich wieder dem Kampf, doch Markus konnte er nicht lange widerstehen. Inzwischen hatte sich auch Siegfried auf seinen Gegner gestürzt, der aber seinem Hieb besser standhielt. Eine Reihe von Hieben traf Siegfrieds Schild und auch der Schild des Feindes musste vielen Hieben standhalten. Siegfried machte einen Schritt zurück, ließ sein Schild fallen, machte eine Rolle vorwärts und traf den verdutzt da stehenden Feind von der Seite, an dessen Schild vorbei, direkt mit dem Schwert ins Herz. Ohne einen Laut kippte der Mann um und die Zuschauer waren einen Moment still, bevor sie in Jubel ausbrachen.

Als sich Siegfried nach seinem Schild umdrehte, wollte der andere Feind diese Unachtsamkeit des Mannes ausnutzen, doch da streckte ihn Markus mit einem gezielten Hieb nieder. Die beiden Sieger hielten ihre Schwerter hoch, auch um dem Publikum die von Blut beschmierten Klingen zu zeigen. Zwei weiß gekleidete, junge Frauen kamen in die Mitte der Arena und übergaben je einen Ölzweig an Markus und Siegfried, als Zeichen des Sieges. Später würden die beiden Gladiatoren noch eine kleine Summe in Münzen erhalten, wenn sie der Herr ihnen nicht wieder vorenthielt.

Siegfried hielt nun den Ölzweig hoch und wendete sich dem Ausgang zu. Gemeinsam, so wie sie die Arena zuvor betreten hatten, verließen die Kämpfer die Arena wieder. Markus und Siegfried auf ihren

Füßen und die anderen beiden, von ein paar Sklaven an ihren Füßen gezogen, in die andere Richtung. Das Dunkel der Gänge hüllte sie alle wieder ein und andere Kämpfer betraten die Arena für den nächsten Kampf.

Am Abend dieses Tages, nachdem alle Überlebenden wieder in ihren Zellen waren, wurde Siegfrieds Zelle vom Trainer erneut geöffnet. Die Herrin betrat seine Zelle und der Mann verschloss die Tür hinter ihr wieder. Die Frau löste ihren Gürtel und zog sich die lange Tunika über den Kopf. Sie trug weder das bei den vornehmen Damen benutzte Brust- noch das Hüfttuch und war damit vollkommen nackt. Siegfried wusste, was sie wollte. Nach den siegreichen Kämpfen ließ der Trainer oft Frauen zu den Gladiatoren. Die Frauen liebten die Nähe der siegreichen Männer, der Trainer verdiente ein paar Denare extra und die Männer hatten ihren Spaß.

Nun wollte anscheinend auch die Herrin die Gunst der Stunde und die Abwesenheit ihres Gemahls nutzen. Siegfried blieb einfach auf seinem Hocker sitzen, musterte sie von oben bis unten, dachte an seine Laetitia und schüttelte ablehnend den Kopf. Nicht verstehend machte die Frau einen Schritt auf ihn zu, doch er sagte laut und bestimmt „Nein!" Sie drehte sich um, nahm ihre Kleidung und rief nach dem Trainer. Beim Verlassen der Zelle, die der gerufene Mann gerade wieder aufschloss, drehte sie sich noch einmal um „Das wird dir noch leidtun." presste sie ärgerlich durch die Zähne.

Siegfried hörte wie eine andere Zelle geöffnet wurde und kurz darauf hörte er die Frau stöhnen. Ein anderer Gladiator war nicht so abweisend gewesen. Siegfried legte sich auf seine Liege und dachte an Laetitia. Eigentlich war er ja frei, zu keinem Zeitpunkt hatte er irgendein Treueversprechen ihr gegenüber abgegeben, auch hatte er keines von ihr erhalten und doch fühlte er einen Stich im Herzen, wenn er an sie dachte. Mit einem Lächeln schlief er ein, während die Herrin den Gang entlang zum Ausgang ging und ihre Kleidung richtete.

Ein paar Tage später gingen die Gladiatoren auf eine Reise, sie zogen, in einem Wagen zu zehnt eingeschlossen, von Arena zu Arena. Die Abfolge der Kämpfe war so schnell, dass sie kaum Zeit zur Erholung hatten. Waren bisher ein bis zwei Monate zwischen jeweils zwei Kämpfen gewesen, so waren es nun nur noch ein bis zwei Wochen. Immer mehr der Gladiatoren kamen in den Kämpfen um, nur Siegfried und Markus blieben immer Siegreich. Manchmal in der Nacht dachte Siegfried daran, dass das wohl die Rache der Herrin für die verschmähte Liebesnacht war.

Nachdem nur noch Siegfried und Markus übrig waren, trafen sie in Rom ein. Hier sollten nun die Beiden gegeneinander zum Kampf antreten und es würde nur einer von ihnen Siegreich sein. Auch an Markus konnte er die Erschöpfung sehen, die er selber an sich verspürte. Wie würde wohl der Kampf ausgehen?

15. Kapitel
Ein tödlicher Hieb

Wieder mal hatte Laetitia ihren freien Tag und heute fiel er auf einen Tag, an dem in der Arena Vorstellungen und Kämpfe stattfinden würden. Sie machte sich schon früh auf den Weg und so kam es, dass sie als eine der Ersten im Rund auf einer der Holzbänke saß. Normalerweise durften die Frauen nur ganz hinten, ganz oben sitzen, da aber so früh am Tage nur Frauen und Kinder da waren, saßen alle vorn. Erst später am Tag würden dann die Männer kommen und die Frauen auf ihre hinteren Plätze verweisen.

Nicht das Kämpfen interessierte die Frau, sondern die wilden Tiere, die im Vorprogramm der Kämpfe am Morgen gezeigt wurden. Diese Tiere bildete sie dann immer in ihrer Stickerei nach. Vor ein paar Wochen hatte sie sogar ein Krokodil gesehen. Sie saß damals so weit vorn, dass sie in das Maul des Tieres hatte schauen können und die vielen Zähne gesehen hatte. Immer mehr Frauen trafen ein und auch ein paar Männer, die aber gegen die Übermacht der Frauen nichts ausrichten konnten. Sie setzten sich einfach dazwischen.

Laetitia hatte einen Platz direkt über dem Eingang bekommen, wo sie von oben auf die Tiere hinunter schauen konnte. Heute war sogar ein Elefant dabei, dessen Rüssel sie fast berühren konnte, als er unter ihr durch das Tor schritt. Ihr gegenüber, auf der anderen Seite der Arena, saß der Sprecher, der zu jedem Tier etwas erzählen konnte. Woher es kam und was es fraß. Ein paar der Tiere konnten auch Kunststücke und die Kinder waren von den Tigern ganz begeistert, die auf Kommando die Plätze tauschten oder im Kreis liefen.

Löwen, Tiger, Zebras und Panter wurden gezeigt und schließlich auch eine Jagd Mensch gegen Leopard. In der Mitte der Arena wurde ein Gerüst errichtet und ein paar Bäume in Kübeln in die Arena getragen, so dass es aussah wie in einem kleinen Wald. Ein Mann versuchte nun von diesem Gerüst aus mit Speeren einen Leopard zu treffen, der aber viel zu schnell war. Der Mann brauchte mehr als zehn Speere, bevor er das Tier traf, sehr zum Leidwesen der Zuschauer, die mit dem Leopard mit gefiebert hatten.

Da die Sonne nun schon etwas höher stand, wurden über den Rängen Tücher so zur Mitte gezogen, dass die Besucher im Schatten saßen. Die Arena unter ihnen lag im Lichte der Sonne und der weiße Sand reflektierte eine Hitze zurück, als ob man in einen Ofen schaute. Nun war es für die Tiere dort zu heiß und die Menschen mussten den Rest des Tages in der Gluthitze der Arena kämpfen. Die Bäume und das Gerüst wurden abgebaut. Ein paar Männer kamen mit Essen und Süßigkeiten herum und verkauften diese an die Besucher.

Nach einer Pause füllten sich die Ränge mit Männern. Frauen und Kinder mussten nun in die hinteren Ränge und auch Laetitia wollte gerade aufstehen, als unter ihr die ersten beiden Gladiatoren die Arena betraten. Sie erhob sich und wollte sich gerade umdrehen, als irgendetwas ihre Bewegung stoppte. Wie gebannt schaute sie nach unten. Die Bewegungen des einen Mannes kamen ihr sonderlich bekannt vor. Der Sprecher rief „Der erste Kampf. Siegrus Germanikus gegen Markus Drakus." er zählte die siegreichen Kämpfe der beiden Kämpfer auf und die Männer in den Rängen rings um johlten auf. Zwei solche Kämpfer versprachen einen guten Kampf.

Aus der Dunkelheit des Untergrundes war Siegfried in das Licht der Arena getreten. Er hörte die Menschen schreien und stellte sich in die Mitte der Arena. Zu Gruß hob er das Schwert und hörte den Sprecher über sich rufen. Er sah nicht viel durch den Helm und drehte sich Markus zu. Sie umkreisten sich ein paarmal, bevor sie den Kampf begannen. Schlag für Schlag fingen sie gegenseitig mit Schwert oder Schild ab. So wie sie es so oft im Ludus geübt hatten.

Immer heftiger wurde der Kampf und das Johlen der Zuschauer verwirrte Siegfried immer mehr. Dies hier war der erste Kampf, den er gegen den Freund führen musste, bisher hatte er zwar schon ein paar Kämpfe gehabt, aber dieser war anders. Er hatte einen Augenblick nicht aufgepasst und bekam einen Schlag auf den Arm, der vom Schild im letzten Moment abgelenkt wurde, doch die Wunde, die das Schwert des Freundes schlug, schmerzte. Er verlor etwas Blut, was ihn schwächte und er konnte den Arm kaum noch bewegen. Immer wieder knickten seine Knie ein.

Es würde sicher nicht mehr lange dauern, bis Siegfried Bewusstlos werden würde. Immer wieder holte er sich selbst wieder zurück zum Kampf. Er legte seine letzte Kraft in die Schläge hinein. Wenn er eine gute Show ablieferte, so konnte er vielleicht auch am Leben bleiben, wenn er verlor. Das war im Moment auch mehr als wahrscheinlich. Das Publikum würde das entscheiden müssen. Mit aller Kraft schlug er in Richtung des Schildes seines Gegners. Das Schwert traf den oberen Rand und wurde abgelenkt. Wie von Fern sah er wie das Schwert in Richtung des Halses von Markus glitt.

Der Freund machte eine ungeschickte Bewegung vorwärts und das Schwert glitt unter seinem Helm hindurch. Der Schlag stoppte nicht, als die Spitze des Schwertes den Hals traf und Markus die Kehle aufschnitt. Siegfried wusste nicht, was passierte, als der Freund Schwert und Schild fallen ließ und an seine Kehle griff.

So, als wäre er daran nicht beteiligt stand Siegfried da und sah Markus zusammenbrechen. Er sank vor dem toten Freund auf die Knie. So wie es die Regeln erforderten raffte er sich wieder auf, reckte das Schwert nach oben und riss sich den Helm vom Kopf. Rings um jubelten die Zuschauer und Siegfried schleppte sich zurück zum Eingang. Hinter ihm schleiften zwei Sklaven den Körper vom Markus an den Armen in dieselbe Richtung. Als er den Durchgang erreicht hatte, brach er zusammen und wurde vom Medicus sofort versorgt.

Laetitia hatte den ganzen Kampf gesehen, der sich unmittelbar vor ihr abgespielt hatte. Die Frau hatte sich auf die Begrenzung des Tores gestützt und stehend nach unten geschaut. Als der Kämpfer sich den Helm abnahm blieb ihr fast das Herz stehen. Sie erkannte den geliebten Freund, der offensichtlich schwer verletzt war. Sie lief nach hinten und danach eine Treppe hinunter, konnte aber nur durch das Gitter sehen, wie Siegfried zusammenbrach. Keine Armlänge vor ihr bemühte sich der Medicus die Blutung zu stoppen. Mit Nadel und Faden nähte er die Wunde sofort wieder zusammen. Zwei Sklaven trugen Siegfried, der ohne Bewusstsein war, in die Tiefe der Dunkelheit hinein.

Sie konnte ihm nur hinterher schauen. Schnell fragte sie den Medicus, von welchem Ludus der Kämpfer war und wo er nun wieder hin gebracht wurde.

16. Kapitel

Im Fieberwahn

Er öffnete die Augen, doch viel sehen konnte er nicht. Wie im Nebel sah er die Umrisse der Frau vor sich. Er richtete sich etwas auf, konnte nur die langen, dunklen Haare erkennen und dachte an seine Herrin, die er für seine derzeitige Situation verantwortlich machte. Siegfried machte eine abwehrende Bewegung und fiel dadurch zurück auf das Lager. Er spürte wie eine Hand zärtlich über seine Stirn wischte und es wurde wieder Dunkel vor seinen Augen. Er sah wieder deutlich vor sich, wie sein Freund Markus in der Arena vor ihm, und durch ihn tödlich verletzt, zusammen brach.

Laetitia saß nun schon den dritten Tag an Siegfrieds Bett. Der Medicus konnte nur den Kopf schütteln. „Das kann nicht von der Wunde kommen." sagte er. „Vermutlich kommt es von seiner Seele." sagte die Frau und der Medicus zuckte mit den Schultern. „Dafür habe ich kein Heilmittel." erwiderte er. „Vielleicht habe ich es ja." antwortete Frau mit einem Lächeln und wischte wieder mit einem feuchten Tuch über die Stirn des geliebten Mannes. Die Stirn war eigentlich nicht heiß, der Mann hatte nicht wirklich Fieber, aber aus irgendeinem Grund war er in diesem Zustand gefangen. Schwebend zwischen Tod und Leben, zwischen dieser Welt und einer Anderen.

Eigentlich durfte sie ja nicht hier sein, doch der Medicus hatte sie schnell in die Zelle geschleust. Gegen ein paar Denare ließ er sie hier, solange es Siegfried noch so schlecht ging. So konnte er ja nicht kämpfen und er war der letzte der zehn Gladiatoren, mit denen er vor ein paar Wochen aufgebrochen war. Wenn er durch das Fieber starb konnte der Medicus sich endlich auf den Rückweg machen. So hatte es die Herrin befohlen. Er durfte erst zurückkommen wenn alle Gladiatoren, die sie selbst ausgesucht hatte, tot waren.

Laetitia tat alles, was in ihrer Macht stand, das es nicht soweit kam. Gerade eben erst hatte sie den Mann wieder gefunden, nach mehr als zwei Jahren, und da wollte sie ihn nicht schon wieder verlieren. Die Nacht brach herein und sie legte sich neben die Liege auf den Boden. Der Medicus brachte ihr eine Decke in die Zelle und sie nickte ihm dankbar zu.

Der Mann verließ die Zelle und verschloss die Tür hinter sich. Er ging an den leeren Zellen entlang. In diesem Teil des Ludus war nur noch die eine Zelle durch Siegfried belegt. Alle anderen Zellen standen offen. Der Ton seiner Schritte hallte durch den Gang. Er öffnete die Tür am Ende des Ganges und verschloss sie sorgsam wieder hinter sich. Laetitia und Siegfried blieben alleine, in der, nur spärlich durch das Talglicht erhellten, Dunkelheit der Zelle zurück.

Im Traum des Fiebers warf sich Siegfried auf der harten Liege in der Zelle hin und her. Er sah die Bilder der Vergangenheit. Den Kampf in Britannien, hier in Rom und all die Kämpfe dazwischen. Er sah die sterbenden Männer, den Freund und die geliebte Frau. Alle Bilder lösten sich in schneller Folge vor seinen Augen ab. Die Bilder wurden mit einem Mal langsamer und die Erinnerung an die Tat in Britannien kam zurück. Er sah die Täter und er sah die Tat. Alles war klar.

Er sah wie Terentius Gajus niederschlug, wie er selbst von einem Hieb getroffen wurde und im Liegen sah er wie Terentius, der offensichtlich hinter den Ränken stand, sein Schwert zog und den sich heftig wehrenden Konsul niederstach. Siegfried spürte selbst den Stahl des Schwertes. Wie ein Blitz durchzuckte es ihn.

Er schrie auf und war wach. Das Fieber war weg und er setzte sich auf. Neben sich sah er eine verschlafene Frau aufschrecken und er erkannte Laetitia. Er strich ihr über ihr Gesicht. War sie wirklich hier oder war es ein Teil seines Fiebertraumes? „Laetitia" entfuhr es ihm, sie nickte und küsste ihn wortlos. Glücklich fielen sie sich um den Hals. Nun war er wieder völlig gesund, die Liebe der Frau und die Erkenntnis seiner Unschuld hatten ihn geheilt.

Er begann ihr alles aus den letzten beiden Jahren zu erzählen und sie erzählte von ihrem Leben. Gemeinsam saßen sie auf dem Bett. Immer wieder küssten sie sich. Schließlich streifte sich Laetitia ihre Tunika über den Kopf und entledigte sich ihrer Unterwäsche. Sie gab sich dem geliebten Manne hin und sie vereinigten sich nun im Fieber ihrer Liebe. Niemand konnte sie hören, niemand konnte sie stören. Nur das kalte Gemäuer dieses Kellers war Zeuge ihrer Liebe, doch die alten Mauern hatten sicher schon viele Liebesnächte erlebt. Diesmal war es aber anders, diese Nacht diente nicht der Lust, sondern wirklich nur der Liebe, der Liebe zwischen einem Mann und seiner Frau, die lange aufeinander gewartet hatten.

Das Licht des neuen Morgens weckte das Liebespaar schließlich wieder und die Frau zog sich schnell an, bevor der Medicus in die Zelle kommen würde. Siegfried sah, wie sie den Dolch in die Innenseite der Tunika steckte. Er zeigte darauf und sagte „Nach der Tradition meines Volkes habe ich dich zu meiner Frau genommen, als ich ihn dir geschenkt habe." Nun verstand Laetitia all das, was sie in den vergangenen zwei Jahren gespürt und gedacht hatte. „So soll es sein." sagte sie und nickte.

Im Gang waren Schritte zu hören und der Medicus schloss die Zelle auf. Er war sehr überrascht, wie sehr sich der Zustand von Siegfried über Nacht gebessert hatte. Am Abend zuvor hätte er noch all seinen Besitz auf den nahen Tod des Gladiators gesetzt und nun war er wieder vollkommen gesund. Er holte eine Schüssel mit Bohnen und gab diese an Siegfried. Der Mann hatte drei Tage nichts gegessen und so leerte er die Schüssel sofort.

Laetitia wendete sich dem Ausgang zu und bat den Medicus, sie aus der Zelle zu entlassen. Der Mann nickte und holte seinen Schlüssel aus der Tasche. Zum Abschied küsste sie Siegfried und machte sich schnell auf den Weg, um mit Sofara zu sprechen. Sie mussten Siegfrieds Unschuld beweisen, bevor er in den nächsten Kampf ziehen musste. Das würde sicher, so schätzte sie den Medicus ein, keine zwei Wochen dauern und bei dessen derzeitiger gesundheitlicher Konstitution würde Siegfried diesen Kampf sicher nicht überleben.

17. Kapitel
Verrat

Noch nie war Laetitia so schnell unterwegs gewesen. Von der Arena bis zum Hause des Senators musste sie einmal quer durch die ganze Stadt. Die Gassen schienen kein Ende zu nehmen und doch war sie, ohne zu rennen, schnell bei Sofara gewesen. Sie klopfte an die Tür und eine Sklavin, die Laetitia gut kannte, öffnete mit einem Lächeln, als diese die junge Frau erkannt hatte. Schnell durchquerten sie die Vorhalle und betraten die Räume Sofaras. Für all die bunten Bilder an den Wänden, die Laetitia so gern bewunderte, hatte sie heute keinen Blick. Nicht einmal setzen wollte sie sich, sondern sie begann sofort „Siegfried ist wieder da!"

Sofara war überrascht, auch sie hatte den Bruder im Kampf in Britannien, zusammen mit ihrem Vater, vermutet. Auch das Siegfried hier in Rom als Gladiator kämpfen musste erschreckte sie. Laetitia erzählte von dem Prozess und dem Urteil, sie erzählte auch, dass Siegfried nun die Erinnerung zurück erhalten hatte und sich wieder an alles erinnern konnte. Sofara versprach, mit ihrem Mann zu reden. Aus der, eigentlich durch die Mütter arrangierten, Ehe der Beiden war inzwischen eine große Liebe und ein tiefes Verständnis füreinander entstanden, was nicht selbstverständlich war in ihren gesellschaftlichen Kreisen.

Da sich Laetitia in den letzten drei Tagen, in denen sie bei Siegfried am Krankenbett gesessen hatte, auch nicht hatte waschen können, bot ihr Sofara an, in das kleine Badehaus zu gehen, das sich an das Haupthaus anschloss. Gern sagte die Freundin zu und schon brachte sie eine Sklavin zum Eingang des Raumes hinüber. Wenig später saß sie im warmen Wasser des Beckens und dachte über die letzte Nacht nach. Die Sklavin erschien wieder und brachte frische Kleidung und ein Tuch zum Abtrocknen in den Raum. Als sich Laetitia angekleidet hatte verließ sie das Bad wieder und ging zur Haupthalle zurück.

Der Senator betrat gerade das Haus und noch bevor er seine Toga ablegen konnte begrüßte ihn seine Frau schon mit einem Kuss. Sofara begann ihm von Siegfried zu erzählen und der Senator begab sich sofort wieder aus dem Haus, um die Sache zu klären. Laetitia verabschiedete sich von ihrer Freundin und eilte zu Siegfried zurück, um ihm die freudige Nachricht zu überbringen. Sie fand ihn bei einem leichten Training im Hofe des Ludus, das er zusammen mit dem Medicus, der offensichtlich auch sein Trainer war, absolvierte.

Siegfried unterbrach kurz seine Übungen und gab Laetitia einen Kuss, nachdem sie die Botschaft an ihn überbracht hatte. Als sie den Ludus wieder verlassen hatte fiel ihr ein, dass sie ja auch Caecilia nichts gesagt hatte, wo sie die letzten drei Tage gewesen war. Zu aufgeregt war sie gewesen und nach dem Tag in der Arena hatte sie nicht daran gedacht, die Freundin und Herrin zu informieren. Sicher würde sie sich schon Sorgen machen. Sie eilte zurück zur Färberei, doch unterwegs fiel ihr ein, dass sie sich ja an diesem Tag wieder bei einer Frau zum Dienst an ihrem Gott treffen wollten. Laetitia änderte die Richtung und ging nun etwas langsamer die Straße entlang.

Als sie in die Gasse einbog, an deren Ende das Haus der Frau lag, sah sie vor sich, ungefähr auf der Hälfte des Weges, Publius stehen. Laetitia stutzte. „Was hatte der Hausherr hier zu suchen?" dachte sie und trat in einen Durchgang, um zu sehen, was der Mann hier tat. Vorsichtig um die Ecke schauend sah sie ihn direkt in der Mitte der Gasse stehen, er hatte ihr den Rücken zugewandt und somit hatte er sich noch nicht gesehen, aber er hielt die Türen des Hauses, in dem sicher gerade auch Caecilia war, fest im Blick. Laetitia traute sich nicht an dem Mann vorbei und so blieb sie im Halbschatten des Durchganges stehen.

Hinter sich hörte die Frau Schritte in der Gasse und sie presste sich noch enger in den Durchgang. Viele Legionäre gingen an ihr vorbei. Sie sah die Schilder der Garde und die glänzenden Spitzen der Speere. Die Legionäre blieben bei Publius stehen, der auf das Haus zeigte und mit ihnen sprach. Die Frau konnte nicht hören, was er sagte, aber die Reaktion der Soldaten war eindeutig. Sie liefen auf das Haus zu und rissen die Tür auf.

Bis zu ihr war das Schreien der Frauen zu hören und so drückte sie sich noch viel tiefer in den Hauseingang hinein. Die Legionäre führten die Frauen direkt an ihr vorbei und an diese schloss sich Publius, sichtbar gut gelaunt, an. Laetitia schlich hinter den Männern her, um zu sehen, wohin sie die Frauen brachten. Sie versuchte sich so unauffällig wie möglich durch die Gassen zu bewegen. An einem Platz in der Nähe des Forums hielten die Soldaten an und zwangen jede der Frauen ihrem Gott abzuschwören und das Abbild des Kaisers, das direkt vor ihnen auf einer Säule stand, zu verehren.

Zögernd taten die Frauen, eine nach der anderen, was die Legionäre von ihnen verlangten. Nur Caecilia blieb standhaft. Immer mehr Schaulustige versammelten sich um den Platz und der Führer der Wache zwang Caecilia, sich vor die Säule zu knien. Die Frau rief immer wieder aus „Ich glaube an Christos, unseren Herren." Schließlich wurde es dem Offizier zu viel und er schlug die Frau nieder. Zwei seiner Soldaten zogen sie an den Armen hinter sich her bis zu einer Kreuzung. Dort stand ein leeres Kreuz am Rande der Straße, das vermutlich von einer früheren Hinrichtung eines Verbrechers noch da stand.

Die Soldaten schlugen die Frau an das Kreuz und diese Schrie vor Schmerzen, aber immer wieder schrie sie auch weiterhin „Ich glaube an Christos, unseren Herren." Die Soldaten schüttelten den Kopf und verließen den Platz, auch die Schaulustigen gingen wieder ihrer Wege. Nur Caecilia hing noch am Rande der Straße. Ihre Schreie wurden immer leiser, bis endlich Stille eingetreten war. Nun entfernte sich auch der Offizier, der bis jetzt noch gewartet hatte. Laetitia verharrte noch einen Moment, ging danach schnell zu der Freundin hin und schaute, mit Tränen in den Augen, auf die standhafte Frau, die ihrem Glauben nicht abgeschworen hatte.

Caecilia war am Kreuz ohnmächtig geworden und durch das zusammensinken war sie erstickt. Laetitia bat zwei Männer, die gerade vorbei kamen, die Frau vom Kreuz zu lösen, was diese auch gern taten, nachdem sie sich vorsichtshalber nach allen Seiten umgeschaut hatten.

18. Kapitel

In den Katakomben der Stadt

Mit den beiden Männern hatte Laetitia die tote Freundin zum Eingang der Katakomben getragen, gemeinsam gingen sie hinein, nachdem die Frau eine Lampe entzündet hatte, die für diesen Zweck neben dem Eingang auf einem Sims, zusammen mit anderen Lampen, gestanden hatte. Laetitia ging voran, da sie den Weg gut kannte. Nach vielen Kreuzungen und Abzweigungen erreichten sie die kleine Grabkammer, in der schon ihre Freundin Tarea lag. Zusammen betteten sie Caecilia in der leeren Nische am Boden der Kammer. Laetitia bedanke sich bei den beiden Männern und setzte sich mit dem Rücken an die Seitenwand der Kammer, so dass sie die beiden Freundinnen sehen konnte.

Das Licht hatte sie vor ihre Füße in die Mitte der Kammer gestellt. Im rötlichen Schein sah es aus, als würde Caecilia schlafen. Ihre Gesichtszüge waren entspannt und man konnte denken, dass sie lächelte. Laetitia stützte ihren Kopf in die Hände und begann zu weinen. Abwechselnd schaute sie auf das Gesicht von Caecilia und das Skelet von Tarea, das über ihr in der oberen Nische lag. Vor nicht allzu langer Zeit hatte sie noch mit Caecilia hier so gesessen und an Tarea gedacht, und nun war sie ganz alleine.

Ungehemmt flossen die Tränen über ihre Wangen und nach einer ganzen Weile schlief sie erschöpft ein. Im Traum sah sie die Freundinnen in weiße Gewänder gehüllt zu beiden Seiten eines Mannes mit einem langen Bart sitzen. Alle drei wirkten glücklich und zufrieden. Caecilia winkte ihr zu und sie sagte immer noch „Ich glaube an Christos." Dabei zeigte sie auf den Mann, der dieselben Wundmale wie sie an den Händen hatte. Ein Geräusch, das von draußen kam ließ Laetitia zusammenfahren. Das Licht der Lampe war verloschen und im

Gang vor der Kammer hörte sie Schritte. Wer war denn hier unten in der Dunkelheit unterwegs? Ging hier jemand zu einer Bestattung? Oder besuchte jemand, so wie sie, einen der hier liegenden Ahnen?

Ein Lichtschein fiel durch den Eingang in die Kammer. Laetitia sah ein paar Frauen und Männer an der Kammer vorbei gehen. Sie stand auf und schloss sich der Gruppe an. Sie gingen eine ganze Strecke, bis sie in eine größere Kammer kamen, die von den vielen mitgebrachten Lampen schon hell erleuchtet war. In der Mitte des Raumes stand ein Mann mit einem langen weißen Bart und erzählte den, um ihn herum stehenden und sitzenden, Menschen eine Geschichte, die er selbst erlebt hatte, als er in einem fernen Land gewesen war. Laetitia blieb im Dunkel des Ganges stehen und hörte ihm zu.

Er erzählte von einem Mann mit Namen Petrus, den er dort getroffen hatte und von Jesus, den er vor einigen Jahren in diesem fernen Land begleitet hatte. Laetitia trat aus dem Gang in das Licht und sah zu den Menschen herunter, die dort vor ihr saßen. Es waren Sklaven dabei, aber sie sah auch die reich bestickten Kleider von vornehmen Frauen. Sie alle hörten der Geschichte zu. Als der Mann das Zeichen des Fisches in der Hand von Laetitia erkannte, bat er sie nach vorn. Er nahm das Zeichen des Fisches und hielt es hoch. „Dies ist das Zeichen des Herren, das wir verehren sollen." sagte er und drückte es der Frau wieder in die Hand. Die Menschen in der Kammer nickten.

Der Mann, der sich selbst Andreas nannte, zeichnete das Zeichen an die Wand hinter sich. „Wo immer ihr dieses Zeichen seht ist Christos, der Herr, bei euch." sagte er zu ihnen und die Menschen verließen die Kammer wieder. Zum Schluss waren nur noch Laetitia und Andreas in der Kammer und sie erzählte ihm von der Freundin. „Komm las uns zu ihr gehen!" sagte er schließlich und nun verließen auch sie die Kammer. In der Grabkammer von Caecilia angekommen zeichnete er auch dort das Zeichen des Fisches an die Wand. Zwei Halbbögen die sich trafen. Das Zeichen des Herrn, an den zu glauben ihr das Leben gekostet hatte, doch an den zu Glauben ihr auch die ewige Erlösung bringen würde. „Sie war eine Märtyrerin unseres Glaubens." sagte der Mann und zusammen beteten sie für die Seele Caecilias.

Sie standen auf und verließen die Kammer wieder. Langsam gingen sie den Gang entlang dem Ausgang der Katakomben zu. Von vorn war nur ganz wenig Licht zu sehen, aber die Beiden kannten den Weg aus dem Gewirr der Gänge. Hier unten waren sie sicher vor den Wachen, die sich nicht hier runter, zu all den toten Seelen, trauten. Oben, im Licht der Sonne, mussten sie vorsichtig sein und dort durfte niemand das Zeichen des Fisches bei Laetitia sehen, darum verbarg sie es schnell unter ihrer Tunika.

Als sie die dunklen Gänge endlich wieder hinter sich hatten, war die Sonne schon über ihren höchsten Punkt hinweg gewesen. Die Frau dachte nach, wo sie nun bleiben wollte. Zurück zu Publius wollte sie nicht, aber wohin konnte sie gehen? Ihr fiel Sofara ein und sie verabschiedete sich schnell von Andreas. Zum zweiten Mal an diesem Tag eilte sie durch die Straßen der Stadt zu Sofaras Haus. Dort angekommen erzählte sie von Caecilia und deren Ende. Sofara erschrak, eigentlich hatte sie auch dort sein sollen, nur das Gespräch mit ihrem Mann über Siegfried hatte sie davon abgehalten, zu ihrer gemeinsamen Andacht zu gehen.

Gern bot sie Laetitia ein Zimmer im Hause ihres Mannes an. Eine Sklavin bereitet den Raum schnell vor und Laetitia blieb solange in den Räumen der Hausherrin. Als ihr Blick auf den Kamm in Sofaras Haar fiel, dachte sie an ihre Sachen, die ja noch im Hause des Publius waren. Die wollte sie unbedingt noch holen, aber sie wollte sich nicht von ihm erwischen lassen. Vermutlich wusste er, dass auch sie an Christos glaubte und so würde er sie sicher ebenfalls verraten und an die Wache übergeben.

Als sich langsam die Dämmerung über die Stadt senkte brach Laetitia auf, um heimlich ihre Sachen zu holen. Der Weg war nicht weit, doch sie durfte sich nicht fangen lassen. Sie wollte nicht sterben und sie musste auch Siegfried noch aus seinem Schicksal befreien. Sich immer wieder umdrehen, damit ihr keiner folgte, ging sie die Straße hinab zum Haus des Färbers.

19. Kapitel

Doppelte Rache

Aus einem Gebüsch heraus, das am Rande des Hofes stand, beobachtete Laetitia das Haus des Färbers. Es war schon dunkel geworden und in einigen Fenstern sah sie noch Licht brennen. Nach dem Verrat des Mannes und dem Tode ihrer Freundin Caecilia hatte sie eigentlich nicht mehr hierher zurückkommen wollen, doch ein Teil ihrer Habe war noch in ihrem Zimmer. Vor allem der silberne Kamm, den ihr Siegfried an ihren ersten Tag geschenkt hatte, sollte nicht dort zurück bleiben.

Über ihr ging der Mond auf und die Lichter im Haus gingen eines nach dem anderen aus. Sie wartete noch eine kurze Zeit, bis sie sicher war, dass alle im Haus schliefen. Die Räume des Hausherrn gingen nach der anderen Seite hinaus und so konnte sie diese Fenster nicht sehen, doch sie hoffte, dass wenn in der Küche keiner mehr war, der ihn bewirten konnte, auch er fest schlief. Leise schlich sie über den Hof und schob die Tür zur Nähstube auf.

Die Tür knarrte und für einen Augenblick hielt Laetitia die Luft an. Hatte jemand sie gehört? Aber alles blieb ruhig. Sie tastete sich im Licht des Mondes, der durch das offene Fenster kam, bis zum im Dunkel stehenden Tisch, auf dem immer eine Lampe gestanden hatte. Vorsichtig schob sie ihre Hand über die Tischplatte und stieß an das Metall des Griffes. Laetitia nahm das Talglicht vom Tisch und entzündete es. Barfuß, die Schuhe in der einen Hand, das Licht in der Anderen, schlich sie den Gang entlang zu ihrem Zimmer. Es war nicht abgeschlossen und die Tür nur angelehnt. Mit der Schulter schob sie die Tür auf und betrat den Raum, der für so viele Jahre ihr Zuhause gewesen war.

Laetitia stellte das Licht auf den Tisch und ging zurück zur Tür. Leise schloss sie diese und holte ihre Tasche. Schnell suchte sie ihre Sachen zusammen. Es war nicht viel, was sie besaß. Ein paar Sachen zum Anziehen, einen Beutel mit Kupfer- und Silbermünzen, und den silbernen Kamm. Sie ging zu dem kleinen Schränkchen, auf dem, in einer Tonschale, der Kamm lag. Laetitia nahm ihn in die Hand und fuhr mit den Fingern über die als Muster angebrachten Blumen. Sie steckte ihn sich in ihr zusammengebundenes Haar und ging zum Tisch zurück. Nachdem alles verstaut war verschloss sie die Tasche und stieß dabei das Licht vom Tisch. Polternd fiel es auf den Holzfußboden und erlosch.

Erschrocken und erstarrt blieb die Frau im Dunkel des Raumes stehen. Hinter ihr wurde die Tür aufgerissen, ein heller Lichtschein fiel auf sie und sie hörte den Hausherren rufen „Habe ich dich endlich, du Diebin!" Laetitia fuhr herum. Publius stand, mit einer Öllampe in der Hand, im kurzen Nachtgewand vor ihr in der Tür. Er versperrte ihr so den Weg in die Freiheit. Sie nahm all ihren Mut zusammen, zog den Dolch aus ihrem Gewand und ging einen Schritt auf Publius zu.

Mit einer Geschwindigkeit und Kraft, die sie ihm nie zugetraut hätte, hatte der dicke Mann ihr den Dolch aus der Hand geschlagen. Im Dunkel des Raumes hörte sie ihn noch zwei oder drei Mal auf den Boden prallen. Publius ließ das Licht fallen, das aber nicht verlosch, sondern, am Boden stehend, weiter leuchtete. Er zerriss ihr mit einem Ruck Gürtel sowie Tunika und gab ihr einen Stoß, so dass sie rückwärts gegen die Kante des Tisches prallte. Schnell war er ihr hinterher gesprungen und hatte ihr das Brusttuch gelöst. Laetitia gab ihm mit all ihrer Kraft einen Schubs, so dass er zwei Schritte nach hinten taumelte.

Lachend stand er da und schaute in die ängstlichen Augen der halbnackten Frau, die versuchte, mit ihren Händen ihre Brust zu bedecken. Langsam und bedrohlich ging er auf sie zu, während sie am Tisch vorbei rückwärts nach hinten ging. Weit würde die Wand nicht mehr sein, die ihre Rückwärtsbewegung sicher bald stoppen würde. Immer breiter wurde das Grinsen des Mannes, je weiter Laetitia zurück wich. Sie erinnerte sich, dass dies die Richtung zu ihrem Bett war und da wollte er sie vermutlich auch haben, so änderte sie ihre Bewegung zur Seite hin.

Schließlich stand sie mit dem Rücken an der Wand. Mit einem Schrei stürzte sich der Mann auf sie und riss ihr das Lendentuch herunter. Sie konnte schon die Gier des Mannes und sein Verlangen sehen, das sich deutlich unter dem Nachtgewand abzeichnete. Mit aller Kraft, die sie noch aufbringen konnte, stieß sie ihn an den Schultern zurück. Der Mann stolperte und fiel auf den Rücken. Ein kurzer Schrei ertönte und danach brach Ruhe herein. Nicht ein Laut war mehr zu hören.

Die Frau bedeckte ihre Blöße mit ihren Händen und erwartete, dass der Mann jeden Moment wieder aufstand und sich auf sie stürzen würde, um seine Lust zu befriedigen, doch nichts passierte. Kein Laut, keine Bewegung. Vorsichtig ging Laetitia auf ihn zu. Vielleicht war das ja eine Falle? Als sie vor ihm stand, sah sie, dass er die Augen offen hatte und dass er nicht mehr atmete. Sie kniete vor ihm nieder und legte vorsichtig ihre Hand auf seine Brust.

Das Herz des Mannes schlug nicht mehr. Sie drehte ihn um und sah den Griff des Dolches aus seinem Rücken ragen. Der Dolch hatte sich zwischen zwei Dielenbrettern verklemmt und Publius war in die Klinge gefallen, die sich in sein Herz gebohrt hatte. Laetitia zog den Dolch heraus und wischte die Klinge an seinem Nachtgewand ab. „Es ist eine doppelte Rache, die unser Herr an ihm vollstreckt hat. Die Rache für die Gewalt an mir und den Tod von Caecilia durch seinen Verrat." dachte die Frau.

Sie suchte sich eine neue Tunika, zog sich wieder an und verstaute den Dolch. Danach hängte sie sich die Tasche um, nahm das Licht vom Boden auf und verließ, mit den Schuhen in der Hand, das Zimmer. Im Gang traf sie auf die Köchin, die der Schrei des Hausherren aus dem Schlaf geweckt hatte. „Er ist tot." sagte Laetitia mit zitternder Stimme. Die alte Frau nickte verstehend und sagte „Ich wünsche dir viel Glück. Ich kümmere mich um ihn." die beiden Frauen umarmten sich. Laetitia zog ihre Schuhe an, drückte der anderen Frau das Licht in die Hand und lief schnell aus dem Haus.

20. Kapitel

Rehabilitation

Zwei Wochen waren seit seinem Kampf gegen Markus vergangen. Noch war er nicht richtig in Form und doch sollte er heute seinen nächsten Kampf bestreiten. Die Herrin, der er immer noch unterstand, hatte es so festgelegt und der Medicus beugte sich deren Willen. Siegfried hatte Laetitia fast täglich gesehen und so manche Nacht war sie auch geblieben, doch bis heute hatte sie noch nichts für seine Freilassung erreichen können.

Wieder saß er auf der Bank und wieder befestigte er die Arm- und Beinschiene. Als er zum Schwert griff zitterte seine Hand. Er stand auf und führte einen Hieb durch die Luft aus, nun zitterte seine Hand nicht mehr. Seine Faust schloss sich so fest um den Griff des Schwertes, das die Fingerknöchel weiß wurden. Der Trainer reichte ihm den Helm und das Schild, danach klopfte er Siegfried auf die Schulter. Langsam schritt er auf das Gittertor zu.

Diesmal war er der Erste der beiden Kontrahenten, der zur Mitte ging. Er stand alleine da und grüßte in die Masse der Zuschauer hinein. Noch wusste er nicht, wer sein Gegner sein würde. Er drehte sich dem anderen Eingang zu und wartete ab. Das Tor öffnete sich und ein Retiarius betrat das Rund der Arena. Mit Netz, Dreizack und Schwert kam er auf Siegfried zu. Siegfried schüttelte den Kopf „Meine Herrin will unbedingt meinen Tod." dachte er sich. Gegen den flinken und ungepanzerten Kämpfer hätte er auch ausgeruht kaum eine Chance gehabt, aber so wie er sich momentan fühlte, war er mehr Tod als Lebendig, wenn er diesen Kampf aufnahm. Er warf das Schild und den Helm hinter sich und sah in die verdutzten Augen seines Gegners.

Jetzt fühlte er sich eher dem Kampf gewachsen. Der anwesende Schiedsrichter fragte ihn, ob er wirklich ohne Helm und Schild kämpfen wollte und Siegfried nickte wortlos. Der Kampf wurde freigegeben und die beiden Kontrahenten umkreisten einander. Der Retiarius ließ das Netz über seinem Kopf kreisen und versuchte den Gegner damit zu fangen, aber Siegfried war einfach schneller und ohne Helm bot er dem Feind keine Angriffsfläche. Schnell duckte er sich unter dem geworfenen Netz hindurch, das nutzlos hinter ihm in den Sand fiel.

Nun musste er dem Dreizack ausweichen, mit dem der Feind versuchte ihn zu treffen. Siegfried hatte zwar kein Schild mehr, aber er konnte sich dadurch auch schneller bewegen. Immer wieder wich er dem Stoß aus, bis er dem Feind die Waffe aus der Hand reißen und hinter sich werfen konnte. Nun stand es Schwert gegen Schwert und da konnte der Feind ihm nicht wiederstehen. Nach ein paar Schlägen war der Kampf entschieden. Siegfried ahnte schon vorher, wohin der Feind schlagen würde und so konnte er die Angriffe gut parieren.

Mit einem geschickten Schlag seines Schwertes entwaffnete er den Gegner. Dieser hob die Hände und ergab sich seinem Schicksal. Die Menge jubelte über den ungleichen Kampf und schenkte dem Feind das Leben. Beide Gladiatoren gaben sich die Hand und der Retiarius verließ die Arena. Als Siegfried sein Schild und Helm aufnahm sah er Laetitia auf sich zu laufen. Sie küsste ihn und wieder jubelte die Menge rund herum. Hinter ihr sah er einen weiß gekleideten Mann mit der Toga eines Senators darüber in die Arena kommen.

Gemeinsam gingen die Beiden dem Senator entgegen. Als sie voreinander standen sagte dieser „Carlus, ein Offizier aus der Garde, hat deine Geschichte bestätigt. Zwei weitere Legionäre haben für deine Unschuld ausgesagt. Du bist für Unschuldig befunden worden und das Urteil gegen dich ist hiermit aufgehoben." „Noch zwei Kämpfe und ich wäre frei gewesen." sagte Siegfried und ließ seine Waffen fallen. Der Senator nickte „Du hast recht." erwiderte der Mann.

„Wir sollten den wirklich Schuldigen nicht ungestraft davonkommen lassen." sagte Siegfried. „Das Urteil ist schon gefallen. Die Löwen werden sich in der nächsten Woche mal so richtig satt fressen können." gab der Senator mit einem Lächeln zurück. „Hier habe ich noch etwas für dich." sagte er und winkte einen Sklaven zu sich. Er nahm ihm das Schwert ab und reichte es an Siegfried. Es war das Schwert, das Siegfrieds Vater einst geführt hatte. Siegfried zog es heraus und hielt es in die Luft. Die Menge im Rund der Arena jubelte ihm zu. So einen Kampfausgang hatten sie hier noch nie erlebt. Von allen Seiten wurden Blumen nach innen geworfen und zusammen mit Laetitia und dem Senator verließ der Mann die Arena als freier Bürger.

Am Ausgang stand der Trainer und Siegfried gab ihm die Hand. Nun konnte der Mann endlich wieder nach Hause zurückkehren. Zu Frau und Kindern tief im Süden. Noch im Durchgang zur Straße brach Siegfried vor Erschöpfung zusammen, bis hierhin hatte ihn der Jubel der Massen aufrecht gehalten. Als er wieder die Augen aufschlug sah er auf das bunte Bild eines Vogels, das an der Wand eines Zimmers angebracht war. Nicht mehr die dunklen Steine einer Zelle, sondern die hellen Wände einer vornehmen Villa sah er vor sich.

„Wo bin ich?" fragte er leise und sah Laetitia neben sich stehen. „Du bist bei mir." Hörte er eine frauliche Stimme von der anderen Seite des Zimmers. Als er den Kopf drehte, sah er Sofara am Fenster stehen. Er nickte ihr dankbar zu und schaute wieder zu Laetitia. Sie beugte sich zu ihm herunter und gab ihm einen Kuss. Langsam richtete er sich auf. „Du musst dich noch schonen." sagte seine Frau und drückte ihn zurück auf die Liege. Dankbar nickte er und war fast sofort wieder eingeschlafen.

Zwei Tage hatte er durchgeschlafen, bis er wieder richtig wach war. Laetitia führte ihn zum Badehaus des Senators und Siegfried setzte sich in das warme Wasser des Beckens. Schon zwei Jahre war er nicht mehr im Badehaus gewesen und es erinnerte ihn wieder an die ersten Monate mit Laetitia. Die Tür wurde geöffnet und die Frau brachte Tücher zum Abtrocknen. Danach streifte sie ihre Sachen ab und setzte sich zu ihm in das große Becken. Zusammen genossen sie die Nähe und die Zärtlichkeiten in dem Raum, in dem nur sie beide waren.

Laetitia erzählte ihm auch von den Ereignissen der letzten beiden Wochen. Die sie bisher vor ihm verschwiegen hatte, um ihn vor dem Kampf nicht unnötig zu beunruhigen. Einige Stunden blieben sie im dem warmen Badehaus sitzen und bekräftigten ihre Liebe.

21. Kapitel

Die Entscheidung

In den letzten vier Wochen hatte sich Siegfried gut erholen können. Die Pflege seiner Frau hatte ihm gut getan. Noch immer lebten sie zusammen in dem kleinen Zimmer, das Sofara Laetitia in ihrem Haus zur Verfügung gestellt hatte. Jeden Abend saßen die Männer in dem einem Raum zusammen und die Frauen in einem anderen. Von Zeit zu Zeit gab es auch gemeinsame Essen, zu denen der Senator auch andere hochgestellte Personen eingeladen hatte.

Siegfried musste immer wieder die Geschichten seiner Gladiatorenkämpfe erzählen und besonders die Frauen hörten ihm aufmerksam zu. Im Rund des Raumes auf den Liegen, von den Sklaven mit Essen und Getränken versorgt, konnte man es aushalten, doch was würde seine Zukunft für ihn bringen? Abends, wenn er dann mit Laetitia alleine auf der Terrasse saß, oder in dem kleinen Zimmer, ließ er seine Gedanken ein paar Jahre in die Zukunft gleiten.

Wo würde sein Platz sein? Nach all der Zeit in der kalten Zelle des Ludus wusste er die Annehmlichkeiten dieser Villa zu schätzen. Die Fußbodenheizung im Winter, die Terrasse im Sommer, aber was würde er hier machen können? Handel treiben? Sollte er in die Legion zurückgehen? Vielleicht in die Politik wechseln, wie der Senator? Das alles sagte ihm nicht wirklich zu. Laetitia hatte ihm auch heimlich von ihrem neuen Glauben erzählt und jeden Tag, wenn sie das Haus verließ, um in die Katakomben zu gehen, hatte er Angst sie nie wieder zu sehen. Sie hatte ihm von Caecilia erzählt und Siegfried wusste, dass auch ihr Wille sehr stark war. Nie würde sie ihren Glauben verleugnen und daher würde sie sicher sterben, wenn die Wache sie fassen würde.

Schließlich fasst er sich ein Herz und zog die Ehefrau mit in seine Überlegungen hinein. Sie hatte schon lange gemerkt, dass er angestrengt überlegt hatte, sie wollte ihn nur nicht zu einer Aussage oder Entscheidung drängen. Nun überlegten sie zusammen. Siegfried dachte an seine Heimat im Norden und begann „Dort könntest du deinen Glauben ausleben, dort wird dir niemand sagen, an was oder wen du zu Glauben hast." Laetitia nickte „ Aber es gibt dort nicht die Annehmlichkeiten, die du hier dein ganzes Leben lang gehabt hast." gab er zu bedenken. Laetitia stützte ihren Kopf in die Hände und schaute auf den Garten des Hauses, der im blassen Schein des Mondes direkt vor der Terrasse lag.

„Ich habe mein ganzes bisheriges Leben hart gearbeitet. Ich hatte nur wenig von dem, was du hier um uns herum siehst und wenn wir in den Norden gehen werden, so soll es so sein." sagte sie nach einer ganzen Weile des Nachdenkens. „Ich war Zehn, als ich dort wegging, nun bin ich Zweiundzwanzig. Ich habe mehr Zeit meines Lebens hier in Rom verbracht, als dort in meiner fernen Heimat." sagte er, entschlossen mit seiner Frau zurück in die nördliche Wälder zu gehen. Sie küsste ihn und die Beiden gingen in ihr Zimmer. Auf dem Weg dorthin fiel ihm ein, dass er gar nicht wusste, wie er wieder zu seinem Stamm kommen sollte. Den Weg zu seinem Dorf kannte nur Gajus, sein väterlicher Freund, und der war noch im Krieg. Bis er wieder da sein würde, müssten sie mit dem Aufbruch warten.

Am nächsten Morgen nahm Siegfried einen Beutel mit Münzen und ging zu einem Schmied, um sich ein besonders kostbares Schwert anfertigen zu lassen. Diese Waffe wollte er demjenigen geben, der mit seiner Aussage Siegfrieds Unschuld bestätigt hatte. Er suchte sich ein besonderes Schwert aus und ließ es mit silbernen Beschlägen verzieren. Siegfried setzte sich vor die Schmiede auf den Platz und schaute auf alle die Menschen, die an diesem Tag so vor ihm hin und her gingen. Aus allen Ländern kamen sie. In allen Hautfarben und mit guter oder weniger guter Kleidung. Soldaten, Bürger, freie Männer und Frauen, sowie auch viele Sklaven konnte er sehen. In seiner Heimat hatte er damals nie einen Sklaven gesehen, erst hier war er auf sie getroffen.

Hier bildeten sie die Basis des ganzen Lebens. Nichts, oder nicht viel, ging hier ohne sie. Selbst das Schwert, das gerade von dem freien Handwerker verziert wurde, war sicher von einem Sklaven geschmiedet worden. Der Handwerker trat an Siegfried heran und übergab das kostbar verzierte Schwert. Siegfried danke dem Manne für die gute Arbeit und übergab den vereinbarten Lohn. Vom Senator hatte er erfahren, wer der Offizier war und so machte er sich auf den noch altbekannten Weg zu den Unterkünften der Garde. Hier war ihm alles noch so bekannt, und doch war er seit mehr als zwei Jahren nicht mehr hier gewesen.

Da er nicht in Uniform kam wurde er von der Wache aufgehalten, doch einer der Soldaten erkannte ihn und begleitete ihn zu der Unterkunft des gesuchten Offiziers. Als Siegfried das Zimmer betrat erhob sich der Mann von seinem Platz, an dem er über Dokumente gebeugt gearbeitet hatte. Er war genau so groß wie Siegfried und kam vermutlich auch aus Germanien. „Carlus Gajus Clajus" stellte sich der Mann vor „Oder einfach Karl." setzte er schmunzelnd dazu. Siegfried überreichte das Schwert und bedankte sich ohne viele Worte für die Hilfe und die Aussage vor Gericht. Beide Männer gaben sich die Hand und verabschiedeten sich. „Grüß mir die Heimat." sagte Karl, als Siegfried das Zimmer verlassen wollte und dieser nickte. „Das mache ich." sagte er.

Als Siegfried das Haus wieder verließ sah er, dass sein Ziehvater Gajus gerade mit seiner Einheit aus dem Krieg zurückkehrte. Er ging auf den Mann zu und umarmte ihn, auch wenn man das als Mann sonst nicht so machte. Aber das war ihm im Moment vollkommen egal. Die Legionäre umringten die beiden Männer sofort, viele von ihnen kannten Siegfried ja noch von den Kämpfen in Britannien und allen musste er wieder seine Geschichte erzählen. Von den viele Kämpfen, den toten Gladiatoren und von dem Verräter, der in der Arena den Löwen gegenüber getreten war.

Schließlich brachen Gajus und Siegfried auf, um zu ihrem Zuhause zurück zu gehen. Gajus begrüßte seine Frau Luzia und nachdem er sich umgezogen hatte gingen sie zu Sofara, die ihrem Vater um den Hals fiel, auch wenn das nicht ganz zu dem Auftreten einer Senatorsfrau passte.

22. Kapitel
Auf dem Heimweg

Siegfried hatte den Frühling abgewartet und Laetitia war im vierten Monat schwanger, als sie endlich mit Gajus in den Norden aufbrechen wollten. Für die Frau würde es die erste Schiffsreise sein. Die beiden Männer waren da schon um ein paar Fahrten erfahrener. Laetitia verabschiedet sich von all ihren Freundinnen und sie war natürlich auch noch einmal in den Katakomben gewesen und dort an den Grabnischen von Tarea und Caecilia Blumen abzulegen. Am Tag der Abreise verabschiedete sie sich auch von Sofara in der Halle des Hauses. Die beiden Freundinnen umarmten sich und danach bestieg Laetitia eine Sänfte, die sie extra von Sofara zur Verfügung gestellt bekommen hatte und die sie nun die Strecke bis zum Hafen bringen würde.

Die vier Sklaven gingen so im Takt, dass das Schwanken der Sänfte fast nicht zu bemerken war. Die Frau hatte die Vorhänge offen gelassen und so konnte sie den Blick noch einmal über die Stadt schweifen lassen, in der sie den größten Teil ihres Lebens bisher verbracht hatte. Als sie an das Badehaus kamen hielt sie die Sänfte noch einmal kurz an, sie ging in das Haus und verabschiedete sich auch von Julica und Gabriella, danach setzte sich der Zug wieder in Bewegung. Die beiden Männer trugen das Gepäck, das nicht so viel war. Siegfried wunderte sich, wie wenig sie doch hatten, aber sie hatten alles, was sie für das Leben brauchen würden. Ein paar Kleider, etwas Schmuck, Münzen und das Schwert seines Vaters.

Sie erreichten die Ebene hinter der Stadt und es ging einen kleinen Hügel hinab, bevor das Land ganz flach wurde. Als Laetitia nach vorn aus der Sänfte sah konnte sie schon das Blau des Meeres sehen, das sich mit dem Blau des Himmels in der Ferne irgendwo traf.

Schnurgerade führte der Weg auf das Wasser zu. Links und rechts des staubigen Weges standen kleine Zypressen verloren in der gelben Ebene. Schnell kamen sie voran und schon bald setzten die Sklaven die Sänfte in der Mitte eines kleinen Hafens ab.

Laetitia stand aus der Sänfte auf und ging die letzten Schritte bis zum Anfang eines Stegs. Von dort aus schaute sie auf die Wellen hinunter, die sich unter dem Steg aufbäumten, nur um kurz darauf am Strand in kleine Bäche zu zerfließen und danach wieder ins Meer zurückzukehren. Am Ende des Stegs lag ein kleines Schiff, Siegfried sah, dass es etwas kleiner war als das damalige Schiff, das ihn über das Meer nach Britannien gebracht hatte. Dieses hier hatte nur einen Mast und sah auch nicht so stabil aus, wie es für eine Überfahrt über das Meer hätte sein müssen. Für die Fahrt an der Küste entlang würde es wohl gerade so gehen.

Er nahm seine Frau bei der Hand und führte sie zu dem Schiff, an dem Gajus schon mit einem Seemann die Überfahrt besprach. Auch ein Beutel mit Münzen wechselte dabei den Besitzer. Zu dritt stiegen sie über die Bordwand und wurden von dem Seemann zu ihrer Kabine am Heck des Schiffes gebracht, die sich direkt neben der des Kapitäns befand. Wenig später wurden auch schon die Segel gesetzt und Laetitia konnte durch ein kleines Fenster aus der Kabine auf den sich entfernenden Hafen zurück schauen.

Die nächsten Tage fuhren sie an der Küste entlang, jeden Abend legten sie an einem der Häfen an und am Morgen fuhren sie weiter, immer in Sichtweite der Küste. Immer weiter ging die Fahrt nach Norden bis sie an einem Hafen angelangten, der an einer Flussmündung lag. Dort stiegen sie auf ein Flussschiff um, das aber keine Kabine hatte. Mit diesem Schiff fuhren sie nun, oder wurden gerudert, den Fluss hinauf. Ein paar Mal wurde das Schiff auch zwischen zwei

Flüssen getragen. Nach ein paar Tagen legten sie dort an, wo Siegfried einst seine Reise nach Rom begonnen hatte. Die hohen Mauern der Burg waren immer noch zu sehen doch darum herum hatte sich eine kleine Siedlung gebildet.

Kleine und größere Häuser mit weißen Wänden und roten Dächern standen da am Weg vom Steg zum Eingang der Burg. Da es nun auch eine Herberge gab, wollten sie dort übernachten und nicht in dem Haus, in dem Gajus damals in seiner Militärzeit hier gewohnt hatte. Auf dem Weg dorthin kamen sie auch an einem Badehaus vorbei und Siegfried zeigte darauf. Er sagte „Dort drin werden wir heute noch entspannen. Es wird für einige Zeit das letzte Mal sein, dass wir ein Badehaus besuchen werden. Bei uns im Wald gibt es die nicht." Laetitia nickte und dachte daran, ob es wirklich die richtige Entscheidung gewesen war, doch sie wischte ihre Zweifel schnell beiseite.

Nachdem sie ihre Sachen in der Herberge abgelegt hatten ging Gajus zur Burg und die anderen Beiden machten sich auf den Weg zum Badehaus. Laetitia genoss das warme Wasser, das ihren Bauch umspülte. Schützende legte sie ihre Hände auf das Kind, das gerade in ihr heranwuchs. Nach ein paar Stunden verließen sie das Badehaus wieder und Laetitia sah auf dem Rückweg das Zeichen des Fisches an einem der Häuser. Hier, weit weg von Rom, war das Zeichen für jeden deutlich sichtbar angebracht. Keiner störte sich daran. Sie nickte unmerklich, es war die richtige Entscheidung gewesen.

Vor der Herberge saß Gajus auf einer Bank und erwartet die Beiden schon. „Ich habe uns drei Pferde gekauft. Mit denen werden wir morgen früh aufbrechen." sagte er und danach gingen sie zum Essen in den Speiseraum der Herberge hinein. Es wurde eine kurze Nacht, denn schon nach dem Morgengrauen brachen sie auf. Da sie auf Laetitias Zustand Rücksicht nehmen mussten, ließen sie die Pferde nur im Schritt gehen und nicht im Galopp. So waren sie etwas langsamer unterwegs und würden vermutlich eine Nacht im Wald auf einer Lichtung verbringen müssen. Siegfried prüfte den Sitz seines Schwertes und auch Gajus hatte sein Schwert nun griffbereit an der Seite befestigt.

In der Nacht gab es danach aber keine Störungen. Sie lagerten auf einer Lichtung und die beiden Männer hielten abwechselnd Wache. Laetitia schlief ungestört am Feuer und nachdem sie Sonne wieder ihre Strahlen bis zum Waldboden schickte brachen sie auf. Sie folgten der Schneise im Wald und so erreichten sie am zweiten Tag das Dorf von Siegfrieds Kindheit. Am Eingang des Dorfes stand ein einäugiger Mann auf einen Speer gestützt und hielt dort Wache. Als er die Drei kommen sah ging er auf sie zu. Mit einem Blick auf Siegfrieds Schwert sagte er „Willkommen zu Hause, alter Freund." es war Armin, der Freund aus Kindertagen.

23. Kapitel
Zurück im Wald

Das Pferd am Zügel hinter sich her führend folgte Laetitia den Männern durch das Dorf. Solche Häuser hatte sie noch nie gesehen. Zwar hatte ihr Siegfried davon erzählt, aber die Häuser vor sich zu sehen, war etwas ganz anderes. Aus einer der Hütten trat ein grauhaariger Mann und ging auf Siegfried zu. „Mein Vater, ich bin zurück und ich habe meine Frau mitgebracht." sagte Siegfried und umarmte den alten Mann.

Armin übernahm die drei Pferde und führte sie in eine Scheune an der Seite des Hauses. Der alte Mann trat an Laetitia heran und sagte „Willkommen in deinem neuen Zuhause." dann umarmte er sie. Siegfried führte sie zum Haus. Es war mit Schilf gedeckt und sehr lang. Sie betraten einen Raum im vorderen Teil und dort stand eine Frau mit dem Rücken zu ihnen an einer Feuerstelle. Als sie die anderen eintreten hörte, drehte sie sich um.

„Elfgard?" fragte Siegfried und die Frau nickte. Siegfried umarmte seine jüngere Schwester. Sie war offensichtlich auch schwanger und Armin betrat nun die Hütte. Er sagte „Ich und Elfgard, wir haben vor zwei Jahren geheiratet." Siegfried lächelte und stellte Laetitia seiner Schwester vor. Beide Frauen begrüßten sich herzlich. „Wo werden wir wohnen?" fragte Laetitia ihren Mann, aber Elfgard nahm ihre Hand und führte sie einen Gang entlang nach hinten. „Wir wohnen hier." sagte sie und zeigte auf eine offene Tür „Und ihr werdet hier wohnen." erzählte sie weiter und öffnete eine Tür, die der ihren genau gegenüber lag.

Zusammen betraten sie den Raum, er war nicht groß aber sauber und aufgeräumt. Ein Bett und zwei Hocker, mehr gab es nicht. Als Schrankersatz diente eine Reihe von Haken an der Wand. Laetitia begann ihre Tasche auszupacken. Elfgard schaute sich eines der Kleider an. „Das ist aber schön." sagte sie und strich über die Strickerei am Saum. „Das habe ich selbst gemacht." sagte Laetitia nicht ohne Stolz über ihre Arbeit. „Kannst du mir auch so eines machen?" fragte Elfgard. „Na klar." sagte Laetitia.

„Ihr habt hier gar nicht so viele Farben bei euren Kleidern." Stellte Laetitia fest. Elfgard nickte „Ja, und die farbigen haben wir von den Römern gekauft. Wir weben hier aus Schafswolle und die Farbe der Schafe ist dann auch die Farbe unserer Kleidung." Dabei zeigte sie Laetitia einen Webrahmen, auf dem sie gerade ein Stück Stoff fertig gewebt hatte. „Soll ich es dir einfärben?" fragte Laetitia und sah die Antwort schon in den leuchtenden Augen der neuen Freundin. So fragte sie einfach weiter „Welche Farbe hättest du gern?" „Du kannst so etwas?" fragte Elfgard erstaunt und Laetitia nickte. „Dann etwas in Grün." sagte Elfgard und nahm das Tuch. Laetitia antwortete ihr „Das reicht aber noch nicht für ein Kleid. Da musst du mir noch mal dieselbe Größe vom Tuch geben. Elfgard nickte und spannte neue Stricke in den Webrahmen hinein. „Das können wir ja zusammen machen." sagte Laetitia und die andere Frau nickte lächelnd.

Siegfried erschien in der Tür und sah die beiden Frauen tuscheln „Ihr habt euch also schon angefreundet." Stellte er fest und die beiden Frauen lächelten ihn an. „Ich wollte euch zum Essen holen." dann ging er wieder in den Vorraum zurück und die beiden Freundinnen schlossen sich ihm an. An dem langen Tisch im Gemeinschaftsraum war schon die ganze Familie versammelt. Alle umarmten Laetitia und Siegfried stellte die ganze Familie vor. „Morgen Abend machen wir ein großes Fest für das ganze Dorf. Da wirst du den Rest kennen lernen." sagte er zu ihr, nachdem sie sich nebeneinander an den Tisch gesetzt hatten. Es wurde reichlich aufgetafelt und so ein Fest gab es hier sicher nicht alle Tage. Doch die Rückkehr des Sohnes und die Ankunft von Laetitia waren schon zwei Gründe für solch eine Schlemmerei.

Laetitia schaute auf all die Speisen, die dort standen. Es gab viel Fleisch und Wurzeln, aber nur wenig Gemüse und kein Brot. „Da werde ich mich sicher in der Ernährung umstellen müssen." dachte sie und schaute Siegfried von der Seite an. Als er sah, dass sie kaum etwas von Tisch nahm, beugte er sich zu ihrem Ohr und flüsterte „Ich habe noch etwas Brot von gestern in der Tasche. Wenn du magst kannst du es ja holen." Laetitia nickte, verließ kurz den Raum und kam mit zwei runden Fladenbroten wieder, die sie in die Mitte des Tisches legte. Als Erste nach ihr langte Elfgard zu und ließ sich das Brot zum Fleisch schmecken. Nach und nach langten alle zu und kosteten von dem runden Gebäck, dass es hier nicht so oft zu geben schien.

Nach dem Essen saßen alle noch lange an dem Feuer und Siegfried erzählte von seinen Erlebnissen in Rom, von seiner Zeit in der Legion, von der Zeit als Gladiator und von Laetitia. Diese erzählte ebenfalls von sich, vom Färben und Sticken. Dazu holte sie das Kleid und zeigte es allen. Die gestickten Tiere gefielen allen und schon hatte sie Aufträge zum Sticken von der ganzen Familie erhalten. Die Frauen wollten Blumen und kleine Vögel auf ihre Borten gestickt haben und die Männer entschieden sich für Löwen und Panther sowie für die Adler. Diese Tiere hatte Laetitia in der Arena gesehen und sie erzählte allen von den fremden Tieren und von dem Krokodil, das sie am meisten beeindruckt hatte.

Nach einem langen Tag gingen schließlich alle in ihre Betten. In dieser ersten Nacht schlief Laetitia schlecht. Sie dachte daran, ob es wohl die richtige Entscheidung gewesen war Siegfried hierher zu begleiten. Die Menschen hier waren zwar nett zu ihr gewesen und sie hatte mit Elfgard schon am ersten Tag eine Freundin gefunden, doch das Leben hier war so ganz anders, als das, welches sie bisher gewohnt war. Nicht nur das Essen war ihr fremd, auch diese Hütte war ganz anders. Wie würde sich ihr Leben jetzt verändern?

Sie schaute auf Siegfried, der neben ihr leise schnarchte und schlich sich aus dem Zimmer in den Gemeinschaftsraum. Alles war ruhig in dem Haus und sie zuckte zusammen als Elfgard ebenfalls in den Raum kam, sie hatte die Freundin auf dem Gang gehört und war ihr einfach nachgegangen. Leise unterhielten sie sich an dem Feuer, das sie wieder neu entfacht hatten. Schließlich gelang es Elfgard alle Zweifel Laetitias zu zerstreuen. Gemeinsam gingen sie wieder in ihre Räume zurück.

24. Kapitel

Gemeinsames Glück

Laetitia setzte sich auf die Bank vor dem Haus. Mehr als zehn Jahre lebte sie nun schon in diesem Dorf hier mitten im Wald. Von Zeit zu Zeit waren sie in die nahe gelegene römische Stadt am Fluss geritten. Dort hatte sie ihre Tücher verkauft und bei der Gelegenheit blieb auch immer etwas Zeit, um in das Badehaus zu gehen. Ihre vierjährige Tochter Caecilia rannte um die Bank herum und versuchte ein Huhn zu fangen, das aber deutlich schneller war als das Mädchen. Die Mutter schmunzelte und schaute ihr eine Weile zu.

Am Rande des Dorfes kam Siegfried mit Armin von der Jagd zurück. Sie hatten einen Rehbock erlegt, den Siegfried auf seinen Schultern trug. Andreas, ihr gemeinsamer Sohn, der nun bald zehn Jahre alt werden würde, rannte dem Vater entgegen. Auch Laetitia stand auf und nahm das sich heftig wehrende Mädchen auf den Arm. Sie gingen Siegfried ebenfalls entgegen. Der Mann übergab das Reh an Armin und nahm seine Frau in den Arm. Mit einem Kuss begrüßte er sie.

Vom Eingang des Dorfes rief ihn die Wache zu sich. Als er sich umdrehte sah er eine römische Einheit dort stehen und er ging auf sie zu. Mit einem Handschlag begrüßte er den Offizier der Einheit. Andreas lief ihm nach und stellte sich daneben. Die Sprache der beiden Männer konnte er gut. Seine Mutter hatte sie ihm beigebracht und so konnte er verstehen, dass sie über ihn redeten. Zusammen mit Siegfried ging er in die Hütte in das Zimmer der Eltern, wo Siegfried eine verschlossene Kiste öffnete. Er entnahm ein kostbares Schwert und gab es an den Sohn. „Einst hat mir mein Vater dieses Schwert mitgegeben und es hat mich immer gut beschützt. Nun gebe ich es an dich weiter, damit es dir gute Dienste in der fernen Stadt leisten kann." sagte der Vater.

Der Sohn nickte und hängte sich das Schwert um. Zusammen verließen sie die Hütte wieder. Am Ausgang stand Laetitia und strich ihm über den Kopf. Es war ihr nicht ganz egal, das er Aufbrechen sollte, doch auch er sollte in ihrer Heimatstadt viel lernen. Andreas ging zu den römischen Soldaten und die kleine Truppe brach wieder auf. Laetitia und Siegfried setzten sich auf die Bank vor dem Haus und schauten ihnen noch eine Weile hinterher, bis sie im Wald verschwunden waren. Die Frau legte schließlich ihren Kopf an die Schulter des Mannes und dachte an all die Jahre hier im Dorf. Ihre älteste Tochter Tarea kam gerade aus dem Stall, sie war nun acht Jahre alt und setzte sich zur Mutter und der jüngeren Schwester auf die Bank.

Laetitia umarmte ihre kleine Familie und sagte „Ich bin so froh, dass ich euch habe. Ich hoffe, das Andreas in Rom sein Glück macht und wir ihn gesund wieder sehen werden." Siegfried nickte und sagte „Das hoffe ich auch. Vielleicht hat er so viel Glück wie ich und findet dort eine Frau, mit der er dann wieder zu uns zurückkehrt." Er stand auf und küsste seine Frau, dann ging er zu Armin, um das Reh auszunehmen, mit dem sie am Abend eine große Feier für das ganze Dorf veranstalten wollten.

Zeitliche Einordnung der Handlung:

5800 Steinzeit

Anfang des Buches „**Schicha und der Clan des Bären**"

Ende des Buches „**Schicha und der Clan des Bären**"

5500 Steinzeit

400 --

387 Die Kelten fallen in Rom ein

300 --

218 Der karthagische Feldherr Hannibal überquert die Alpen

200 --

100 --

73 Flucht von Spartacus aus der Gladiatorenschule in Capua

71 Tod von Spartacus und Ende des Sklavenaufstandes

55 Expedition Caesars nach Britannien

44, 15. März, Kaiser Caesar wird in Rom ermordet

0 --

9 Niederlage des Feldherrn Varus gegen die Cherusker unter Arminius

34 Anfang des Buches **"Das Schwert des Gladiators"**

43 Beginn der Eroberung Südbritanniens

54 Nero wird römischer Kaiser

54 Anfang des Buches **"Die römische Münze"**

56 Ende des Buches **"Das Schwert des Gladiators"**

64 Brand Roms und daraufhin schwere Christenverfolgung

68 Aufstände in Gallien und Spanien

68 Selbstmord Kaiser Neros

75 Ende des Buches „**Die römische Münze**"

79, 24. August, Ausbruch des Vesuvs und Untergang Pompejis

80 Einweihung des Kolosseums in Rom

98 Trajan wird römischer Kaiser

100 --

161 Marc Aurel wird römischer Kaiser

200 --

300 --

306 Konstantin der Große wir römischer Kaiser

324 Konstantin bekennt sich zum Christentum und macht dieses zur Staatsreligion

400 --

700 --

764 Anfang des Buches „**In den finsteren Wäldern Sachsens**"

772, im Sommer, Zerstörung der Irminsul

772 Anfang der Sachsenkriege Karls des Großen

782 Blutgericht von Verden (Aller)

783, im Sommer, Gefechte mit Beteiligung sächsischer Frauen

785 Taufe Widukinds in der Königspfalz Attigny

792 letzte größere Erhebungen der Sachsen gegen die Franken

792 Zwangsdeportationen der Sachsen und Neuvergabe von sächsischem Land an Franken

796 Karls Belehrung durch seinen Berater Alkuin

797 wurden mit dem Capitulare Saxonicum die Sondergesetze gegen die Sachsen gelockert

800 --

800 Kaiserkrönung Karls

802 wurde das sächsische Volksrecht (Lex Saxonum) verabschiedet

105

802 Ende des Buches **„In den finsteren Wäldern Sachsens"**

804 Ende der Sachsenkriege

889 Wanzleben wird erstmals erwähnt, als Haufendorf

900 --

913 Herzog Heinrich von Sachsen stellt ein Ungarisches Heer bei Merseburg

926 Heinrich handelt mit den Ungarn einen zehnjährigen Waffenstillstand für Sachsen aus

937 Otto I. der Große, gründete das St.-Mauritius-Kloster in Magdeburg

938 die Ungarn ziehen erneut gegen die Sachsen

952 Anfang des Buches **„Der Gefolgsmann des Königs"**

955, am 10. August, Schlacht gegen die Ungarn auf dem Lechfeld bei Augsburg

955 Otto beginnt einen großen Neubau des Doms zu Magdeburg.

962, 2. Februar, Krönung Ottos zum Kaiser

968 Anfang des Baues der Burg Wanzleben

980 Ende des Buches **„Der Gefolgsmann des Königs"**

1000 –

1100 --

1142 Heinrich der Löwe wird Herzog von Sachsen

1143 Gründung Lübecks, der ersten deutschen Ostseestadt

1147 Anfang des Buches **„Im Zeichen des Löwen"**

1147 Wendenkreuzzug, dauert als Kreuzzug drei Monate

1152 Königskrönung von Friedrich Barbarossa in Aachen

1155 Kaiserkrönung Friedrich Barbarossas in Rom

1156 Besiedlungszug in Lommatsch

1157 Gründung des deutschen Kaufmannsbundes

1159 Wiederaufbau Lübecks

1160 Anfang des Buches **„Kaperfahrt gegen die Hanse"**

1160 der slawische Burgwall Dobin, liegt am heutigen Schweriner See, wird zerstört

1160 Lübeck erhält das Soester Stadtrecht

1160 Gründung der Kaufmannshanse

1161 Vermittlung eines Handelsprivilegs an die Stadt Lübeck durch Heinrich den Löwen

1161 Gründung der Gotländischen Genossenschaft als Vorstufe der Hanse

1162 Kloster Altzella, bei Nossen, wird gegründet

1163 Ende des Buches „**Im Zeichen des Löwen**"

1180 Heinrich verliert das Herzogtum Sachsen

1200 –

1200 Gründung des Petershofes in Novgorod als Außenstelle der Hanse

1200 Ende des Buches „**Kaperfahrt gegen die Hanse**"

1250 Anfang der Blütezeit der Städtehanse

1300 –

1500 --

1517 Anfang des Buches „**Die Bruderschaft des Regenbogens**"

1517, 31. Oktober, Luther verkündet seine Thesen in Wittenberg

1518 Münzer und Luther sind in Wittenberg

1520 Münzer in Zwickau

1522 Neues Testament erscheint auf Deutsch

1523, zu Ostern, Katharina von Boras Flucht aus dem Kloster

1524 Bauern- und Handwerkeraufstände in Sachsen

1525, 15. Mai, Schlacht bei Bad Frankenhausen

1525, 27. Mai, Münzer wird in Mühlhausen enthauptet

1525, 27. Juni, Heirat Luthers mit Katharina von Bora

1525, im Dezember, Kloster Buch wird geschlossen

1526 Niederschlagung der letzten Bauernaufstände

1527 Ende des Buches „**Die Bruderschaft des Regenbogens**"

107

1530 Reichstag zu Augsburg beschließt Duldung des Evangelischen Glaubens

1534 Gesamte Bibel auf Deutsch

1600 –

1618, 23. Mai, Fenstersturz zu Prag

1618 Anfang des dreißigjährigen Krieges

1620, 08. November, Schlacht am Weißen Berg bei Prag

1630 Anfang des Buches „**Im Schein der Hexenfeuer**"

1631 Kriegseintritt Sachsens

1631, 10. Mai, Verwüstung der Stadt Magdeburg durch kaiserliche Truppen

1631 Anfang des Buches „**Die Räubermühle**"

1632 die Pest wütet in Sachsen

1632, 16. November, Schlacht bei Lützen

1634, 25. Februar, Albrecht von Wallenstein wird in Eger ermordet

1634 Ende des Buches „**Die Räubermühle**"

1639 schwedische Truppen brennen Dresden teilweise nieder

1641 nochmalige Zerstörung Dresdens durch die Schweden

1648 Westfälischer Friede

1648, 24. Oktober, Ende des dreißigjährigen Krieges

1650 Ende des Buches „**Im Schein der Hexenfeuer**"

1700 –

1789, 14. Juli, Beginn der französischen Revolution in Paris

1793 Beginn des Interventionskriegs gegen Napoleon, an dem auch Sachsen teilnahm

1794 die Gesellen streiken in Dresden

1796 der Interventionskrieg endet mit einer Niederlage für die preußischen, österreichischen und sächsischen Verbündeten.

1800 --

1800 Anfang des Buches „**Der russische Dolch**"

1806 Preußen und Russland verbünden sich gegen Napoleon. Sachsen schließt sich an

1806 Krieg der Verbündeten gegen Napoleon

1806, 14. Oktober, Schlacht bei Jena und Auerstedt, die Verbündeten werden von Napoleon vernichtend geschlagen.

1806, 20. Dezember, das Kurfürstentum Sachsen tritt dem Rheinbund bei und wird durch Napoleon zum Königreich

1812 von Sachsen aus beginnt der Feldzug gegen Russland. Sachsen ist mit 21.000 Mann daran beteiligt

1812, 23. Juni, Napoleon überquert mit seinem Heer die Mehmel

1812, 17. August, Schlacht um Smolensk

1812, 7. September, Schlacht von Borodino

1812, 14. September, Napoleon rückt in Moskau ein

1812, 13. Oktober, Napoleon beschließt den Rückzug

1812, 3. November, Schlacht bei Wjasma.

1812, 26. bis 28. November, Schlacht an der Beresina

1812, 14. Dezember, Kaiser Napoleon macht, seinen Truppen auf dem Rückzug aus Russland vorauseilend, in Dresden Station.

1813, 2. Mai, Schlacht bei Großgörschen, Sieg Napoleons gegen Russen und Preußen

1813, 20. und 21. Mai, Schlacht bei Bautzen, weiterer Sieg Napoleons gegen Russen und Preußen

1813, 26. und 27. August, Schlacht bei Dresden, Napoleon errang seinen letzten Sieg auf deutschem Boden.

1813, 16. bis 19. Oktober, Die Völkerschlacht bei Leipzig brachte Napoleon eine verheerende Niederlage. Die sächsischen Truppen liefen zu den russischen und preußischen Truppen über

1813, 11. November, Die belagerte Festungsstadt Dresden kapituliert

1815, 18. Juni, Schlacht bei Waterloo

1815 Ende des Buches „**Der russische Dolch**"

1900 --

Von Uwe Goeritz ebenfalls beim Verlag BoD erschienen (BoD – Books on Demand, Norderstedt, nähere Informationen finden Sie unter www.BoD.de)

„Schicha und der Clan des Bären"
die ISBN lautet 978-3-7386-0262-3

„Diese Geschichte spielt in der Steinzeit, als unsere Vorfahren dazu übergingen sesshaft an einem Platz zu leben. Es war der Beginn der Siedlungen, von Viehhaltung und gezieltem Anbau von Pflanzen. Die Schwierigkeiten der ersten Siedler und die Gefahren in ihrer Umwelt werden deutlich gemacht."

108 Seiten für 7,90 Euro

„In den finsteren Wäldern Sachsens"
die ISBN lautet 978-3-7357-7982-3

„Diese Geschichte spielt von 764 bis 802 in den Völkern der Sachsen und Franken. Matthias, ein Franke, und Thorsten, ein Sachse, haben beide ihre Familien in den Sachsenkriegen verloren. Nach kämpfen gegeneinander werden sie Freunde und müssen sich den täglichen Anforderungen des Lebens stellen. Im Kontext des Krieges von Karl dem Großen gegen die Sachsen muss sich ihre Freundschaft bewähren wenn Frieden zwischen den Völkern herrschen soll."

108 Seiten für 7,90 Euro

„Der Gefolgsmann des Königs"
die ISBN lautet: 978-3-7357-2281-2

„Die Geschichte spielt um das Jahr 950 im Volke der Sachsen in der Nähe des heutigen Magdeburg. Berthold ist als Oberhaupt nach dem Tod seines Vaters für die Geschicke des Dorfes verantwortlich. Zusammen mit seiner Frau Johanna, seinen Brüdern, seiner Heilkundigen Schwester Edith und den anderen Bewohnern im Dorf bewältigt er die täglichen Herausforderungen des Lebens in einer Zeit in der das Christentum und die Einigkeit des deutschen Volkes noch ganz am Anfang stehen. Als König Otto zum Kampf gegen die Ungarn ruft, werden Berthold und die Seinen auf eine harte Probe gestellt."

116 Seiten für 7,90 Euro

„Im Zeichen des Löwen"
die ISBN lautet: 978-3-7347-5911-6

„Die Geschichte spielt von 1147 bis 1163 im Volke der Sachsen in einem kleinen Dorf. Wolfgang und Heinrich kennen sich seit Kindertagen doch nun ist einer der Herzog und der andere ein Bauer. Kann ihre Freundschaft diese Kluft überbrücken?

Wolfgang erwirbt sich in den vielen Kämpfen das Vertrauen seines Herzogs und darf das Banner mit dem Löwen im Kampf führen doch der Kampf gegen das Volk der Slawen stellt diese Freundschaft auf immer neue Bewährungsproben. Kann Wolfgang, als halber Slawe, den Kampf gegen das Brudervolk mit seinem Gewissen vereinbaren?

Zusammen mit Karl ist er als Oberhaupt für die Geschicke des Dorfes verantwortlich. Mit seiner Frau Gisela, seinen Bruder Siegfried und den anderen Bewohnern im Dorf bewältigt er die täglichen Herausforderungen des Lebens in einer Zeit als aus dem Dorf langsam eine kleine Stadt wird."

116 Seiten für 7,90 Euro

„Kaperfahrt gegen die Hanse"
die ISBN lautet: 978-3-7386-2392-5

„Norddeutschland, Ende des 12 Jahrhunderts. Diese Geschichte handelt von 1160 bis 1200 zu Beginn der Hanse in einem kleinen Dorf an den Ufern der Ostsee. Eine kleine Gruppe von Fischern beginnt einen Kampf gegen die Übermächtig erscheinende Verbindung zwischen Kaufleuten der Hanse und den lokalen Fürsten.

Immer schlimmer werden sie ausgepresst, damit ihr Fürst Handel treiben kann. Unter Ausnutzung des Aberglaubens der Seemänner gelingt es ihnen, einen Teil des erpressten Eigentums zurück zu holen und unter der Bevölkerung zu verteilen.

Wie lange können sie aber der übermächtigen Allianz und der Macht des neuen Städtebundes widerstehen?"

108 Seiten für 7,90 Euro

„Die Bruderschaft des Regenbogens"
die ISBN lautet: 978-3-7386-5136-2

„Sachsen zu Beginn des 16. Jahrhunderts. Als Kind ist Thomas in das Kloster eingetreten, doch im Laufe der Zeit kommt er immer mehr in den Konflikt mit der Kirche. Sein Zusammentreffen mit Müntzer und Luther führt bei ihm auch zu einer inneren Reformnation. Hin- und Hergerissen zwischen den Ansichten dieser beiden Prediger ergreift er Partei für die Bauern, aus deren Stand auch er einst kam. Nach der Niederschlagung der Bauernaufstände muss er sich entscheiden, wie sein Lebensweg weiter gehen soll.

Der Autor verwendet eine Sprache, die im Kontext des historischen Erzählens authentisch wirkt. Die Dialoge sorgen für Lebendigkeit und besondere Nähe zum Geschehen. Bildliche Beschreibungen erschaffen besondere Eindrücke vor dem inneren Auge des Lesers. Der Text richtet sich an ein historisch interessiertes Publikum.

Fazit: Ein weiteres, lesenswertes Abenteuer, das den Leser in die spannende Zeit der Reformation und des Bauernkrieges zum Ende des Mittelalters entführt."

112 Seiten für 7,90 Euro

„Im Schein der Hexenfeuer"
die ISBN lautet: 978-3-7347-7925-1

„Diese Geschichte handelt in den Jahren 1630 bis 1650 in einer kleinen Stadt in Sachsen. Johanna hat in den Wirren des dreißigjährigen Krieges schon zweimal ihre Familie verloren. Als Frau eines Kaufmannes gerät sie in einen Hexenprozess, den sie nur mit viel Glück und der Hilfe ihres Mannes überlebt. Nach diesem Prozess arbeitet sie weiter mit Kräutern und versucht den Menschen zu helfen, so gut sie es kann. Im alltäglichen Leben werden ihre Fähigkeiten immer wieder gefordert und sie muss jeden Tag beweisen, dass sie eine starke Frau ist."

112 Seiten für 7,90 Euro

„Die Räubermühle"
die ISBN lautet: 978-3-8482-0893-7

„Sachsen in den Jahren des dreißigjährigen Krieges. Von 1631 bis 1648 wütete auch in Sachsen der blutigste Krieg, den die Menschheit bis dahin gesehen hatte. Bis zu 80 Prozent der Bevölkerung kamen durch Not, Krankheiten, Hunger, Gewalt und Krieg ums Leben. Ganze Landstriche wurden entvölkert und niedergebrannt. Diese Erinnerungen haben sich tief in das kollektive Unterbewusstsein eingebrannt.

Dies ist die Geschichte von einer kleinen Gruppe Männer, die auf der Flucht aus dem Heer nicht, wie alle anderen, marodierend und raubend umherziehen wollten, sondern die erkannt haben, wem sie helfen wollen und von wem sie es nehmen sollen. Traumatisiert durch die Ereignisse des Sterbens und Tötens wollen sie der Gewalt ein Ende setzen. Doch wie? In einer Zeit der Gewalt kann selbst der friedfertigste nicht ganz auf Gewalt verzichten.

Durch die Nutzung des Aberglaubens der Bevölkerung gelingt es ihnen, unerkannt in einer Mühle Unterschlupf zu finden. In diesem neuen Buch wird der Leser in die Zeit der Umbruches entführt, eine Zeit, in der die Ritter nicht mehr den Ton angeben und ein erstarkendes Volk langsam beginnt, sich auf sich selbst zu besinnen und sein Glück selbst in die Hand nimmt."

112 Seiten für 7,90 Euro

„Der russische Dolch"
die ISBN lautet: 978-3-7412-3828-4

„Sachsen in den Jahren des napoleonischen Krieges in Europa. Diese Geschichte handelt von der Freundschaft zweier Männer in den Jahren 1800 bis 1815. Peter, ein Sachse, und Pjotr, ein Russe, treffen sich in der Kindheit und begegnen sich im großen Krieg Napoleons gegen Russland 1812 wieder.

In diesem Krieg, den Napoleon gegen ein ganzes Volk führte, stehen sie auf unterschiedlichen Seiten der Kämpfe. Ein Sommer und ein Winter, mit einem Krieg, der sich tief in die Erinnerung der europäischen Völker eingebrannt hat. Durch Not, Krankheiten, Hunger, Gewalt und Krieg wurden ganze Landstriche in Russland entvölkert sowie niedergebrannt. Millionen Menschen auf beiden Seiten starben.

Dies ist die Geschichte von einer ungewöhnlichen Freundschaft, die durch den Krieg auf eine harte Probe gestellt wird. Traumatisiert durch die Ereignisse des Sterbens und Tötens versuchen sie beide dennoch Menschen zu bleiben, in einer Zeit, in der ein Menschenleben nicht viel wert war."

116 Seiten für 7,90 Euro

Aktuelle Informationen und Neuerscheinungen finden sie immer im Internet unter:

www.Goeritz-Netz.de